重重

中国に残された朝鮮人日本軍「慰安婦」の物語

翻訳　植田祐介
装幀　㈱アトリエ・ハル

序文　死んでからでも故郷の土に還りたい

日本軍「慰安婦」被害者のハルモニ（おばあさん）たちに初めて出会ってからいつしか一八年が経つ。それは社会評論『道』という雑誌の取材で、日本軍「慰安婦」被害者のハルモニたちが暮らしている「ナヌムの家」を訪れた一九九六年のことだった。初めて出会ったハルモニたちの短い一言一言から、七〇年にも及ぶ痛みと恨《ハン》が感じられた。それからというもの、韓国全土にいる「慰安婦」被害者のハルモニたちに会って、彼女たちの内面の苦痛を写真に収めるようになった。日本の敗戦後も故郷に帰ることができず、中国で暮らしているハルモニたちがいることを知ったのは二〇〇一年。それ以降、中国各地を何度も訪れてハルモニたちの居場所を探し当て、その暮らしを写真に収めてきた。

中国で初めて出会ったのはイ・スダンハルモニ。彼女の住んでいる村は黒龍江《ヘイロンチャン》省牡丹江《ムータンチャン》市東寧《トンニン》県の奥地。進めど進めど、果てしなく続く大平原。まさに「満州の大地」という言葉そのものだった。車中でハルモニたちの人生に思いを馳せた。もちろん、それはごく一部にすぎなかっただろうが。家族も子どももおらず、敬老院で暮らしているイ・スダンハルモニは一九四〇年、一九歳のころに東寧県石門子《シーメンズ》に連れて来られて、「ひとみ」という名前を付けられ、戦争が終わるまでの数年間を日本軍の性奴隷として働かされた。

いまではすっかり豆畑へと姿を変えたが、いまだ当時の痕跡が残る石門子。日本軍の師団が駐屯し、多数の軍人がいて慰安所もあった。厳しい監視のもと三畳あまりの空間で寒さと恐怖に震え、空腹に喘ぎ、銃剣を前にして自らを棄てざるをえない。そんな苦痛にさらされていた。日本の敗戦後、彼女たちは故郷に帰ろうとしたが、自分たちが中国のどこにいるのかもわからず、言葉も通じない。誰に助けを求めればいいのかすらわからず、信じられる者は誰ひとりとしていなかった。そのような状況で他の元「慰安婦」のハルモニとともに、慰安所のそばに残留せざるをえなかった。

そんな身の上の自分たちの存在を知り、故郷・朝鮮の地から訪ねてきた私を見て、彼女は感謝の涙を流した。それは故郷に帰れなかった悲しみの涙でもあった。いままで自分の過去と心の奥深くの傷を誰にも語ることができず、大きなしこりとなって残っていた。さらに異国の地で苦しめられつつ生きてきた悲しみが積もり積もって、消すことのできない恨《ハン》になっていたのだ。

七十余年前に受けた大きな心の傷。それらすべてが、ハルモニたちの脳裏に生々しく焼きつけられていた。連行、監禁、やむことのない性暴力、そして遺棄。それらすべてが、消そうにも消すことのできない傷として残っている。それもそのはず、彼女たちの生活基盤は当時慰安所のあった場所から非常に近いところにあるからだ。痛みと傷を思い起こさせる場所から離れることも叶わず、日本軍を恨みつつ、一生をその地で暮らしてきたのだ。

「慰安婦」をさせられていたころ、軍人の目を盗んで脱走を図り、何日も大平原を彷徨《さまよ》ったが、結局は連れ戻されて、仲間までもがひどい目に遭わされた。そんな記憶の残る地から抜け出すこともできず一生を過ごした彼女たちの苦痛は、過去から断絶されることなく、いまなお続いている。

ハルモニたちの足跡は、当時最前線だった場所で見つけることができる。つまり黒龍江省から北京《ペイチン》、山東《シャントン》省の乳山《ルーシャン》、上海《シャンハイ》、武漢《ウーハン》に至る中国全土だ。中国に残されたハルモニたちの暮らしは、言葉にできないほど悲惨なものだった。八〇〜九〇歳代となったハルモニたちには、面倒を見てくれる家族すらいないケースが多かった。

朝鮮の地を離れ、慰安所では日本語と日本名の使用を強要された。戦後も中国に残されて、生き残るべく中国語を覚えざるをえなかった。異国の地での暮らしがままならず、結婚はしたものの中国人の妾となり、ふたたび悲痛な暮らしを送らざるをえなかった人もいた。さらには、過去に受けた傷のせいで子どもを産むことができず、一人残された人もいた。経済力を失い、よりいっそう苦しくなる暮らしのなかで持病まで抱えるはめになった。

ハルモニたちは現在のアジア情勢についても、「慰安婦」について日本政府がどのような立場をとっているのかについても知らない。ただただ、自分たちを辱めた日本の軍人たちへの恨みと、子どものころの思い出、故郷と家族への思いが募り、死んでからでも故郷の土に還りたいという思いでいっぱいなのだ。ハルモニたちの記憶をたどり、故郷の住所と家族の名前を聞き出して韓国で調べてはみたものの、当時の記録が残っていなかったり、どこかに引っ越したりしていて、多くは再会が叶わなかった。自分たちを迎えてくれる家族も故郷も、もはや存在しない。ハルモニたちは中国に一人残され、苦しみのなかで一生を終えるしかないのだ。

中国を訪れるたびに一人、また一人とハルモニたちはこの世を去る。荼毘《だび》に付されて一握の灰となり、荒涼とした中国の土煙のなかに消えていく。いままで出会ったハルモニは一三人だが、いま生きているのはわずか五人。そのうち二人は韓国への帰国が叶い、それぞれナヌムの家と老人ホームで暮らしているが、残りの三人は湖北《フーペイ》省の武漢、その郊外の孝感《シャオカン》、そして黒龍江省の東寧で、いまだ苦痛のなかで暮らしている。齢《よわい》九〇のハルモニに残された時間はそう長くない。日本軍「慰安婦」の被害者は朝鮮人のハルモニのみならず、中国、台湾、フィリピン、インドネシアなど太平洋沿岸の国々、さらには日本の多くの女性も、戦場で日本軍に人権を蹂躙《じゅうりん》され、いまだに戦時性暴力に苦しめられて生きている。彼女たちが生きているあいだに胸の奥深くの恨《ハン》が解ける日が、一日も早く来ることを望んでやまない。

重重

目次

本文中では「北朝鮮」を朝鮮民主主義人民共和国の略称として用いている。煩雑さを避けると同時に、ハルモニたち自身が朝鮮戦争後の分断国家をそれぞれ「北朝鮮」「南朝鮮」と呼んでいたことにもよる。

イ・スダン

家族の送ってくれた一枚の写真だけが、私の唯一の家族だよ。

ハルモニのいるところに向かう道は、話に聞いたあの「満州」の荒野だった。春だというのに穀物はいまだ根を張っていない。延々と続く低い丘、そして荒涼とした草原。ハルモニたちは戦いの最前線から幾昼夜を歩き、走り、身を隠して逃げたのだろうか。この広い「満州」の荒野での痛みを抱えたまま、苦しみの日々から抜けだせずにいるハルモニたち。

吉林省《チーリン》の延吉《イェンチー》で合流した厳寛斌《イェンクァンピン》さんと一緒にハルモニの家へと向かった。厳さんは吉林省琿春《フンチュン》市副市長を務め、「慰安婦」被害者のハルモニたちのケアをしつつ、韓国からやってくる人々のガイドと通訳をしている人だ。黒龍江省東寧県の中心から道河鎮《タオフー》へと向かうバスは一日にわずか五便。五〇キロにおよぶ未舗装の道を、土煙を上げて走ること二時間あまり。バスはようやく道河鎮に到着した。ガタガタ揺れるバスから解放され、降り立ったその地を見て、見知らぬ異国の地に置き去りにされた

ような錯覚におちいった。敬老院へと向かう道の両側には民家が立ち並んでいるが、どれも人気がない。ときどき出会う村の人々は、異国からやってきた私たちに、ひたすら視線を投げかけ続ける。

身寄りのない老人と障がい者の住む「道河鎮敬老院」は村のはずれにある。ハルモニはちょうど外出中だった。職員の劉文松《リュウォンスン》さんの案内で、長い廊下を通ってハルモニの住む三号室へと向かった。部屋には両側に一人用のベッド、小さなテーブルがあるだけだった。そのせいだろうか、壁にかけられた額縁がひときわ大きく見えた。ハルモニの六〇年代以降の人生がいっぱい詰まったその額縁には、友だちや家族の写真がところ狭しと飾られていた。

敬老院のまわりを半時間ほど散歩して帰ってきたハルモニの手には、山菜が握りしめられていた。ハルモニの姿は二年前（二〇〇一年）と変わりない。前歯が四本抜けて、顔が少し痩せたぐらいだろうか。同じ慰安所にいた同い年のキム・スノクハルモニに比べるとしっかりしている。

「私を連れてきたのは日本の回し者だったんだよ。軍服着て、刀持っててさ」

「金も服もやる……そんなこと言ってたかねえ」

「炊事やら洗濯やら、そういう仕事だと思ってたよ」

ハルモニは一九四〇年、一九歳のころに、いまの北朝鮮の平安南道《ピョンアンナムド》粛川《スクチョン》郡から、年のころが近い三人の女性とともに黒龍江省の阿城《アチェン》にやってきた。雑用の仕事だとばかり思って。

1996

福
手握手的承诺
心贴心的服务

「前金で受け取った四八〇円を母さんにあげたよ。家計が苦しかったからねえ」

戦争も末期になるにつれ、受け取る金額はどんどん大きくなっていったが、実際はインフレにより円の価値はどんどん下落していた。

「阿城の慰安所は日本人の夫婦がやってたんだよ。私は『ひとみ』って呼ばれてね」

「一日に八人から一〇人ほどの兵隊をとらされたよ」

「もらった切符の四割を受け取って、残りの六割は主人にピンハネされるんだ。毎月お金に替えてもらったよ」

「切符をなくすと主人に殴られるんだ。飯はキビが出たんだけど、全然足りなかったねえ」

「食べるものがないもんだから大根を盗んできたら、主人にバレて皆殴られたよ」

「そこで二年いて、石門子に売り飛ばされたよ。石門子でいたのは『すずらん』ってとこだよ」

場所と主人が変わっただけで、ハルモニの苦しみには何ら変わりはなかった。午前には一般の兵隊、午後には階級の少し高い下士官、そして夜には将校がやってきて相手をさせられた。

「主人はそりゃもうひどいやつだったよ。誰かが子どもを産んだら育てて同じように客をとらせるって言うほどだったからねえ」

入浴は週に一回、ときどき日本軍の部隊から軍医がやってきて性病検査を受けさせられた。

「病気になっちまったんだよ。東寧にある大きな病院に行って性病を治してもらったんだけど、本当に死ぬかと思ったよ」

一〇日におよんだ入院。退院後二カ月間、部屋には日本軍の立ち入りが禁じられた。入院費、薬代はかなりかかったが、すべてハルモニが払わされた。しかし、苦痛と悪夢の連続だったハルモニの人生に、ようやく戦争の終結という光が差そうとしていた。

戦争が終わった後も、ハルモニは故郷に帰ることは叶わず、慰安所のあったそばの大吐川鎮《タートゥーチュアン》で暮らし続けた。漢族の男性と出会い結婚したが、過去の病気のせいか子どもを産むことはできなかった。くり返される夫の暴力。生きていくのがつらくなったが、なんとか離婚だけは避けようとがんばった。夫の死後、道河鎮敬老院に入った。

「敬老院での暮らしは楽じゃないけど、家族がいない分、気が楽だよ」

心配をかける人がいないから歳をとらない、と耳打ちしてくれた。

「旧正月には、死んだ旦那の妹の家に行ったりするんだよ」

「最近はね、お祈りするために週に二回は村のキリスト教徒の家まで行くんだよ」

熱心に信じているわけではなく、村の人々と会うのが楽しみで通っているようだ。敬老院の他の人々と一緒に通っているのも、一日退屈せずに過ごせるからだろう。

道河鎮敬老院
1996
农村二级敬老院
十星级窗口行业

「もう朝鮮語も忘れちまったよ」

ハルモニは「慰安婦」暮らしから解放された後、漢族の村である道河鎮で一人暮らしていたため、朝鮮語を忘れてしまったのだ。

「どこからか朝鮮語が聞こえてくると、耳がピンと立つよ」というが、ハルモニの過去のつらい話は厳さんの通訳を通じて聞くしかない。「恥ずかしいよ。朝鮮語を忘れちまってつらいよ」

ハルモニはいままで誰にも自分の苦しい過去を打ち明けたことがなかった。

「朝鮮語で言いたいんだけど、どう言ったらいいかわかんないんだよ。思った通りにいかないんだよ」

朝鮮からやってきた朝鮮語を使う同族を前にして、中国語で自らを語らざるをえないことを心苦しく思い、長いため息をついて涙を流す。

道河鎮敬老院の夕食の時間。「ここは太陽が早く沈むからご飯は一日に二度だけだよ。いつもお腹が空いてたまらないよ」。朝は米とキビを炊いたお粥、午後はご飯とスープ、それがすべてだ。部屋の片隅に小さなテーブルと魔法瓶が置かれ、引き出しにはおかずがあれこれ入っている。ご飯とスープだけではとうてい満足な食事にはならないので、各自がおかずを用意しなければならない。それでハルモニは春になると、早朝山に登っては山菜を採って豆板醤《トウバンジャン》に漬けておかずにする。一〇分足らずの食事の時間にも、ハルモニは私たちのことを気遣い、しきりに振り返ってご飯を食べなさいと促し、スプーンを持ち上げたり置いたりする。その短い時間のあいだ、ハルモニの後ろ姿はよりいっそう悲しく見える。

そんなハルモニの憂いを、ひとときでも忘れさせてくれる唯一の品がタバコだ。

「売ってるタバコは高いからねえ。院長がときどき葉タバコを買ってきてくれるんだよ」

細く切った新聞紙の切れ端にタバコの葉っぱを少し載せ、端に唾をつけてクルッと巻けばタバコのできあがりだ。巻き方がまずいのか、火をつけてもきれいに火が入らない。ハルモニの顔を横切って立ち上る煙には、ハルモニの憂いが込められているかのようだ。ハルモニはタバコを吸ってようやく食事を口にすることができた。

故郷を思い出すたびに、ハルモニは敬老院から一〇分ほどのところにある小綏芬河《シャオスイフンフー》のほとりに立つ。雨の日にも雪の日にも。「故郷は平壌のそばなんだけどね、あそこの川とそっくりだよ」。春窮〔雪解けのころに秋の蓄えがなくなる端境期のこと―訳者註〕にも小綏芬河の流れは速い。音も立てずに流れていく。

川べりを散歩しつつ山菜採りをして、故郷の思い出にひたる。ハルモニの手は自然とタバコへと伸びる。押し黙ってひたすら川を見つめ続け、ため息混じりの煙を吐き出す。故郷に帰りたいという思いは募るばかりだが、彼の地には誰もハルモニの帰りを待つ者はいないと知っているのに足が動こうか。一九七〇年代初頭、北朝鮮にいる家族となんとか連絡がつき、手紙と写真のやりとりをしていたが、

一九七三年に送った手紙は「宛先に訪ねあたりません」と返送されてきた。それ以来連絡は途絶え、切ない思いが募る一方だ。

「家族の送ってくれた一枚の写真だけが、私の唯一の家族だよ」

この一枚の写真。それだけを見つめてハルモニは生きてきた。

キム・スノク

逃げるってどこに逃げるんだい？　捕まったら殺されるよ。

ハルモニに会うために、東寧県の街の中心へと向かった。どれも同じような路地が何本も伸びた、そんな街にハルモニは住んでいる。路地から路地へと探し歩いたが、どうしても家が見つからない。何周もしてようやく、ハルモニの夫を見つけた。彼は表に置かれた椅子に座っていた。私たちはごちゃごちゃとした庭を通り抜けて家へと入った。

ハルモニの姿を見て驚きを隠せなかった。二年前のハルモニの姿はどこにもなかったからだ。髪の毛は抜け落ちて、太ももがげっそりと痩せ細っていた。体つきも小さくなっていた。私が挨拶しても、目が弱っているせいか、ひと目ではわからなかったようだ。それなのに、韓国から来たというだけで、私が誰かもわからないうちに全身の痛みを訴えだした。長年、朝鮮語で話をする相手がいなかったからだろうか。若いときにあれだけ苦労したのに、こんなに歳をとってからなぜまたこんなに苦労しな

ければならないのかと、堰を切ったように身の上話を続けるハルモニ。

「うちは平壌なんだけどね、家計が苦しくて、父さんも母さんも人の家に働きに出てたよ」

「食べるものがないもんだから、豆を食べてしのぐしかなかったんだ。それもなければ、水を飲んで腹を膨らませてたよ」

「七歳で奉公に出て、子守をしてたんだよ」

ハルモニは七年間、日本人の家に奉公に行って雑用や子守をしていた。

「いつのことだったっけねえ。工場の仕事があるって言われたんだよ。行ってみたら三〇人ほど集まってたねえ」。一九四二年、ハルモニは二一歳のころに牡丹江を経て東寧の地にやってきた。

「コリチマ〔紐を付けて胴体にまとうようになった衣服〕とカッシン〔朝鮮伝統の布でできた履き物―訳者註〕を履いてったんだけどね、どこがどこやらさっぱりわかんないし、言われたところと全然違うし……」

「私は『かよこ』って呼ばれてたんだよ。最初は恐ろしくて恐ろしくて、泣いてばかりいたよ」

「逃げようにも知り合い一人いないから、逃げようがないよ」

東寧県の慰安所は街なかの大きな建物の中にあった。そこは日本軍が主に大宴会を開くところだった。若いころ、かなりの美人だったハルモニは、主に将校の相手をさせられた。やがてハルモニは、とある将校の子どもを身ごもった。産んだものの育てることができず中国人に預けたが、わずか五カ

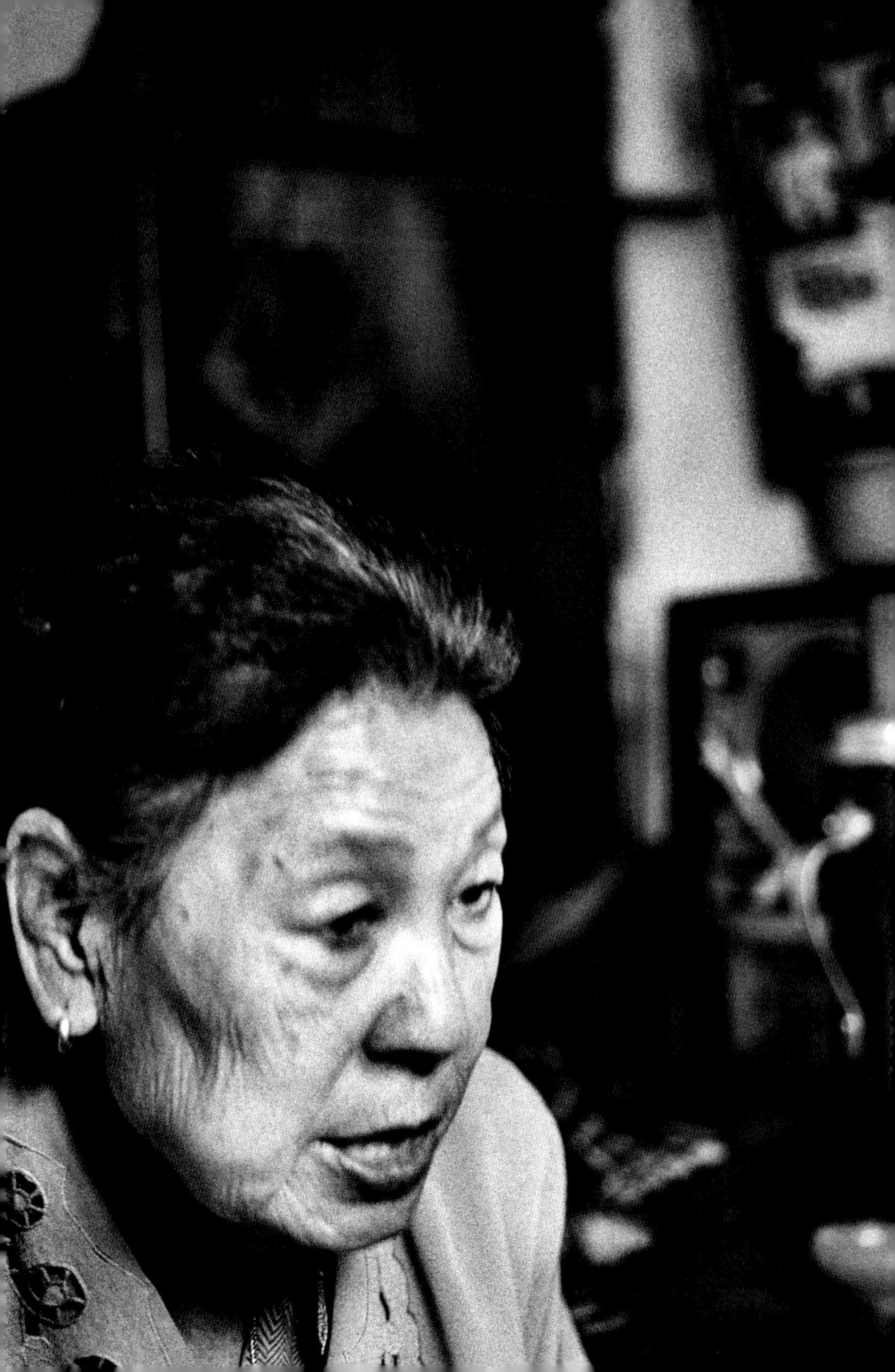

月で死んでしまった。

その後、ハルモニは石門子の慰安所に連れて来られた。

「石門子は田舎なのに、兵隊が大勢いたよ」

「あんまり客がとれなかったら主人に殴られるんだよ。酔っ払った兵隊に蹴られたりもしたよ。そしたら目の前が真っ白になってね」

「朝鮮の女は叩かれたら泣くんだよ。歌ったり、身の上を嘆きあったりして慰めあってたねえ。それぐらいしかできやしないし」

一九四五年、戦争が終わった。日本軍の兵隊はどこかへと逃げてしまった。やがてソ連軍がやってきて、ハルモニたちは逃避行を余儀なくされた。

「大騒ぎになって逃げたんだけど、ソ連軍が道を塞いでるもんだから、大吐川鎮に行って屋根裏部屋に隠れてたんだよ」。ソ連軍に捕まると何をされるかわからないと、ハルモニは他の朝鮮人たちとともに身を隠した。

「顔に炭を塗って逃げたんだよ」

「ソ連軍に居場所が見つかったら、目潰しに唐辛子の粉を投げつけて逃げたりしたよ。そうこうしているうちに、みんなバラバラになっちゃってね」

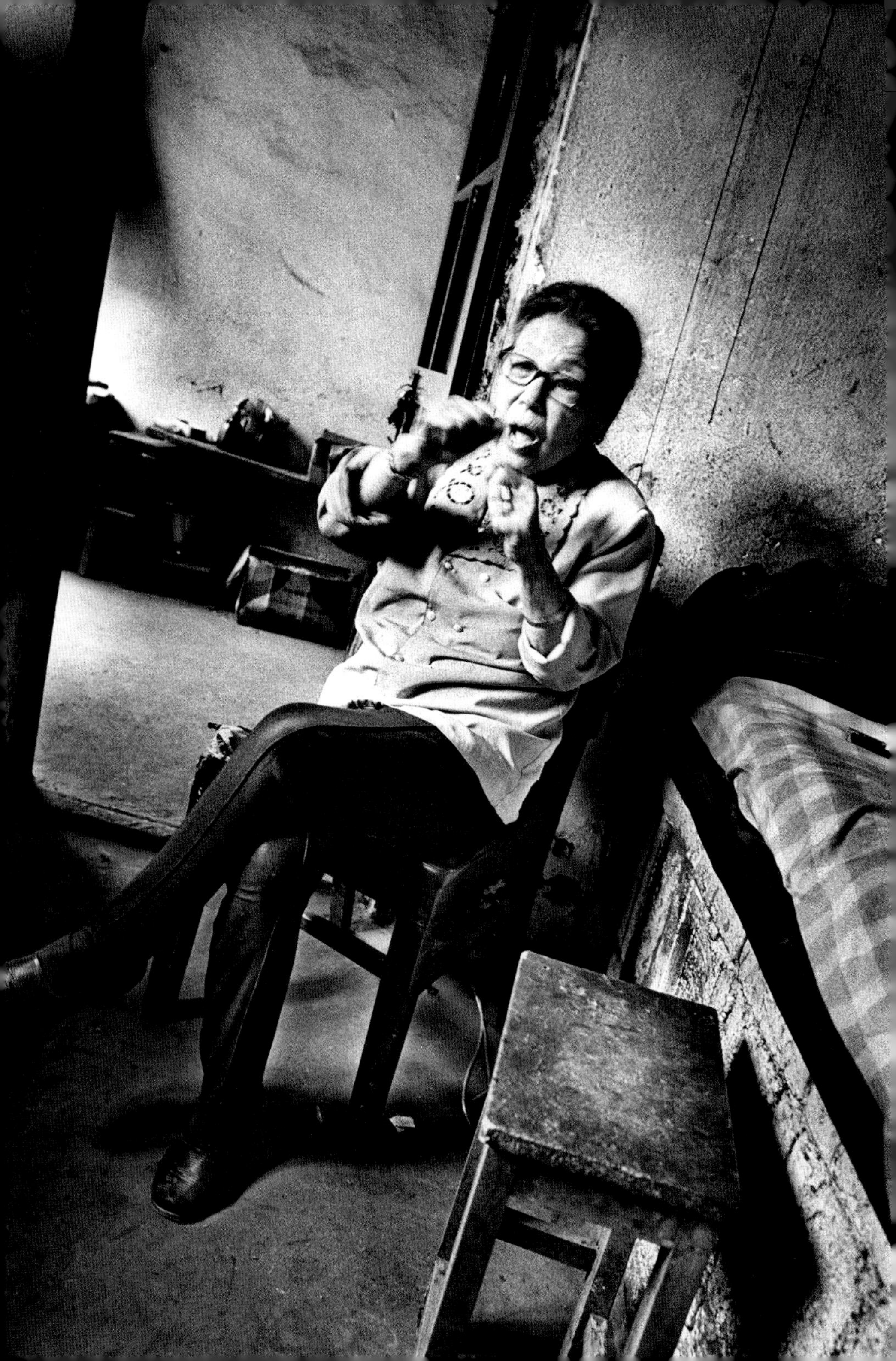

その後、ハルモニは生き抜くために漢族の男性と結婚した。三五歳のときには食糧倉庫で働くいまの夫に出会って結婚した。二人のあいだには娘が二人いるが、息子がいなかったので養子をとって育てた。二〇〇三年まで、ハルモニと夫、義理の息子、孫の四人暮らしだった。夫は疑り深い性格で、家の電話にも鍵をかけて使えなくするほどだった。そのせいでハルモニとの連絡も容易ではなかった。ハルモニの家は一見して築四、五十年ほどに見えた。台所と居間、そこに据え付けられたベッドのような形になったオンドル。それがすべてだった。トイレがないので、用をたすときには公衆便所を使わざるをえない。

「私もおじいさんも歳とったから、病気だらけだよ。病院に行くのも大仕事だよ」

「家計が苦しいもんだから、二人で代わりばんこで点滴を受けるんだよ」。二人には点滴が処方されているが、二人同時に点滴を受けるお金がないほど家計は苦しい。ハルモニは自分の体も苦しいのに、夫の看護までしているのだ。

明くる日。ハルモニは、牡丹江に住む上の娘からプレゼントしてもらったピンクの絹のチマチョゴリを着ていた。

「冥土の土産に、チマチョゴリを着た写真を撮ってもらいたいんだけどねえ。一枚撮ってくれないかい?」

16-11

これまで写真を撮る余裕すらなかったハルモニ。痩せた体にまとわれたチマチョゴリは、どこか大きすぎるように見えた。表の路地に出て、ああでもないこうでもないとポーズをとる。写真を何枚か撮ると、ハルモニの顔がようやく明るくなった。表情のなかった顔に笑みが戻り、曲がっていた腰も自然とピンと伸びた。

午後。道河鎮からタクシーでやってきたイ・スダンハルモニと一緒に、石門子の慰安所跡を訪れることにした。東寧の街なかから車で一時間以上の道のり。車窓からはハルモニが戦後ソ連軍を避けて身を潜めていたという大吐川鎮が見えた。韓国に帰国し「ナヌムの家」で生涯を終えた、とあるハルモニの住んでいたところでもある。

石門子に着いた私たちは、日本軍の部隊の駐屯地と慰安所のあった場所へと向かった。どこまでも続く荒涼とした大地からは建物が消え、豆畑へと姿を変えていた。その豆も植えたばかりで、ようやく芽吹きはじめたほどだった。畑の畝《うね》をつたって少し歩くと、そこらじゅうに転がっている割れた瀬戸物のかけらやレンガが目に入った。歴史の断片が窺い知れるが、もはや何に使われていたのかわからないほど粉々になっていた。

「こっちには軍の部隊の建物がずらりと並んでてね、私たちはあっちにいたんだよ」

「私たちがいたのは『すずらん』と『一松』ってとこだよ」。ここには師団クラスの部隊があり、日本人「慰安婦」のいた慰安所が二軒、朝鮮人「慰安婦」のいた慰安所も別にあった。腕を組みあって、あそこが慰安所、あそこが兵舎と杖で指し示す二人のハルモニ。こんな奥地に大部隊とその付属施設があったことをあらためて知った。もはやその痕跡を探すのは容易ではないが、ハルモニたちの目には苦しみの過去が鮮明に映っているようだった。

石門子の慰安所で炊事や水汲みなどの雑用の仕事をしていた郭慶士《クォチンス》さんに、当時の詳しい話を聞かせてもらった。大柄な彼をハルモニたちは兄さんと呼んで慕っていたとのことだ。

「日本の兵隊たちは悪さばっかりしてたねえ。中国人は近寄ることすらできなかったんだよ」

「戦争が終わってソ連軍がやってきたんだ。わしが女たち四人をうちにかくまってやったんだよ」

ソ連軍が石門子を占領し、四〇人あまりの女性は周辺の村に身を隠した。それ以来、彼女たちは故郷に帰ることができず、それらの村で暮らしている。

朝には青空が広がっていたが、いつしか雲が出て雨が降りだした。少しいただけなのに、ハルモニは目に雨粒のような涙をためていた。そろそろ家に帰ろう。心の傷をどうすることもできず、抱えたまま生きてきた歳月。その重みを後にして石門子を去る。責任を問う気持ちも恨みも忘れて、余生を憂いなしに暮らしたい、それがハルモニの願いだ。

東寧に戻るタクシーに乗る。誰からも言葉はない。疲れたからだろうか。あるいは誰も傷を癒すことができないからだろうか。傷を心の奥深くに閉じ込めて生きることが慰めになるのかもしれない。皆押し黙ったまま、タクシーは東寧へと向かった。

ペ・サムヨプ

一週間、血が出っぱなしだったよ。痛いし腫れるし、歩けやしない。

二年前（二〇〇一年）、ハルモニの家は北京の天壇公園そばの天壇飯店の近くにあった。記憶をたどりながら探したが見つからず、ハルモニに電話で訊くと、ハルモニはアパートの三階に住んでいる娘をやるといった。どのくらい歩いただろうか、ようやく娘さんに会うことができた。おたがい顔は知らなかったが、私の身なりを見て向こうから声をかけてきた。その後ろにはペ・サムヨプハルモニが立っていた。

ハルモニはずいぶん変わっていた。黒かった髪は白髪に、目も悪くなって、目を細めて私を見つめていた。「朝ごはん、まだでしょ。朝鮮族のやってる冷麺屋に行きましょう」と連れて行ってくれた。席についてすぐハルモニは冷麺を二杯も注文した。酢がきいた冷麺は私の好みではなかったが、なんとかがんばって二杯を食べきった。

ハルモニは、「ちょっと歩いただけで息切れもするし、目の前がボンヤリするんだよ」と言いながら休み休み歩き、ようやく家に着いた。このあたりはそのうち再開発で撤去されるとのことだが、噂ばかりで工事の始まる気配はまったくみられない。赤レンガの五階建てアパート。入口も廊下も狭く、薄暗くて前がほとんど見えなかった。わずか五坪ほどの小さな部屋には、以前と変わりなく大きなベッド、古ぼけたソファ、テレビがあった。変わったところといえば昨年設置したというエアコンぐらいだろうか。さほど暑くはなかったが、汗をかいている私を見たハルモニはエアコンのスイッチを入れてくれた。

慶尚南《キョンサンナム》道《ド》河東《ハドン》郡花開面《ファゲミョン》。それがハルモニの故郷だ。

「子どものころ、うちはいい暮らしをしてたんだよ。でもさ、一〇歳のときに父さんが死んで、一三歳のときには母さんも死んだんだ」

母親の死後、階級章のない軍服を着たある軍属に会った。「満州に行けば、いろんな仕事があるぞ。金も稼げるぞ」そんな言葉でハルモニと兄を誘った。

「ほら、朝鮮にも繊維工場があるだろ？　それが満州に行くと、ありとあらゆる工場があるんだ。自由に選べばいいさ」。傾きはじめていた家計を心配していたハルモニは、母親を失った痛みを抱えたまま「満州」に行く決心をしたのである。

「河東から釜山《プサン》に行って、そこからは汽車に乗って仁川《インチョン》まで行ったよ」

「あっちこっちから一二人は集められてたかねえ。私が一番年下だったよ。そこからは船に乗って天津《ティエンチン》まで行ったんだよ」

当時わずか一三歳。初潮も迎えていなかったが、背が高く早熟に見えたという。天津から汽車に乗せられて着いたのが、内蒙古の包頭《パオトウ》である。

そこには「朝日館」という慰安所があった。周辺には慰安所が三軒あった。

「中に入ったら女の人が化粧をしてて……遊郭だったんだよ。ああ、騙された！　と思ったね」

着いた瞬間、工場ではなく日本兵の相手をする場所だとわかったのだ。二日後には客をとらされた。

「処女は高く売れたんだよ。一〇〇円だよ」。幼くて処女だということで、慰安所の主人は将校から軍票一〇〇円を受け取り、処女だったハルモニに相手をさせた（一般将兵は三〇分で一円だったという）。

「一週間、血が出っぱなしだったよ。痛いし腫れるし、歩けやしない」

「日本人のやつらを相手にするのがつらくてつらくて。同じところにいた人はアヘンをやって自殺しちまったよ。二人もだよ」。ハルモニは当時の記憶を消そうにも消せずにいるようだった。朝日館のハルモニたちの部屋には、名前ではなく番号が振られていた。日本兵からは「けいこ」と呼ばれていた。

慰安所に来て三年が経ったある日のこと。「ご飯を一口食べただけで、喉から血がいっぱい出て。死

ぬかと思ったよ」。病院に行ったものの、病名は不明。結局、慰安所から追い出され、叔母のいる釜山に戻った。同じ病気にかかった女性がほかにも二人いたが、彼女らの運命はわからない。ハルモニは叔母宅で静養して、ようやく回復できた。しかし、「釜山の叔母の家に来たんだけどさ、姪のクィナムもシンガポールに出稼ぎに行ったって言うじゃないか」「そりゃすぐにわかったよ。でも、体を捨てに行ったようなもんだなんて叔母に言えるわけないよ」。ハルモニはクィナムの話を聞いてショックを受けた。それはもちろん「慰安婦」にされると気づいたからだ。

「朝鮮にいる家族の暮らしも楽じゃなかったからね。仕事がないから中国に行って、金を稼ごうって思ったんだよ」。そこでハルモニは天津と北京に渡って、金を稼ぐためにダンスホールでダンスの相手をした。客の多くは米軍。きれいでスマートだったハルモニは米兵たちの人気を集めた。

「故郷に戻ったところで父さんも母さんもいないし、暮らしていけなかったんだよ」

こうしてハルモニは、終戦後も故郷に帰らず中国の地で暮らすことになった。

一九九九年当時、ハルモニは北朝鮮国籍だったが、韓国を訪れるために中国籍に変えて、新たに身分証を作った。その年の四月一五日から五月一二日まで韓国に滞在し、甥や姪と再会した。故郷で再会した姪のクィナムは韓国政府に元「慰安婦」として登録されていたが、ハルモニは登録の手続きをとらなかった。すでに死亡宣告がされていた状態だったからである。

「韓国に戻ったところで住むところもないし、お金を受け取ったところで使い道もない。面倒だよ」。韓国での国籍の回復と元「慰安婦」としての登録を諦めて、中国に戻っていった。

ハルモニは一九八五年から患っていた白内障のせいで目がほとんど見えなくなっていて、虫眼鏡が手放せない状態だった。二〇〇三年の六月六日に入院して手術を受けることになっていたが、私が訪ねてくると聞いて延期したそうだ。このまま放っておけば完全に失明するというのに……。幸いにも手術費二万四〇〇〇元は、ハルモニが若いころに働いていたダンボール工場が負担してくれることになり、お金の心配はせずに入院できることとなった。

その工場に勤めるまではこれといった仕事がなく、ギリギリの生活をしていた。ところが、周恩来が北朝鮮訪問後にどうしたわけかハルモニのところにやってきて、その工場で働けるようにしてくれたという。ハルモニは日本語が上手だったので通訳の仕事をした。退職してからは月八〇〇元ほどの年金を受け取っている。北京では贅沢さえしなければ一人でなんとか暮らせる金額だが、月に三〇〇元もする薬代のせいで、暮らしは決して楽ではない。一日に飲む薬は十数種類。

「もう飲んだところで効きやしないよ。飲む量ばかり増えてさ」。長年の持病で、薬の量を増やしてもはやあまり効果がない。だからといって一日でも飲まなければ、そのわずかな効果すらなくなり、禁断症状さえ出てしまうのだ。

ハルモニは長年の北京暮らしでも朝鮮語を忘れまいと、一人でいるときでも朝鮮の歌を口ずさむ。「涙に濡れた豆満江《トゥマンガン》」「木浦《モッポ》の涙」などの懐メロが十八番。家事をするときにも歌を口ずさんで涙を流す。そうして半生を暮らしてきた。そのおかげか、ハルモニはいまでも朝鮮語を忘れずにいる。漢族よりは朝鮮族と一緒にいることを好む。でも、いまでは外出も難しくなり、朝鮮族の友だちとは電話で話すだけだ。

北京の空はひたすら曇っている。陽に当たったのはもう一〇日も前のことだろうか。そんな天気のせいだろうか、最近ハルモニはよく眠れずに睡眠薬を飲んでいるそうだ。今日はコーヒーでも飲もうと言ってハルモニは、韓国の田舎で飲むような濃い味のコーヒーに砂糖をいっぱい入れて、大きなマグカップで出してくれた。ハルモニは中国茶よりコーヒーのほうを好む。大きめのコーヒーは一瓶五六元もするが、それを一カ月で全部飲んでしまうほどで、一日一杯はコーヒーを飲まないと口の中がすっきりしないそうだ。

ハルモニとあれこれ話をしていると、たぶん元「慰安婦」だと思う人がいると言いだした。それは、石家荘《シーチャーチュアン》（河北省の省都）で会ったハルモニのことだが、本人は絶対違うと言っているという。本人が違うと言うのならば、どうしようもない。誰にでも隠したい秘密があるものだ。そのハルモニもそうなのだろう。

キム・ウィギョン

咲いている花がむしり取られたようなもんだよ。

武漢は〝中国三大かまど〟のひとつと呼ばれる。陽が差さないのに気温は三三、四度、湿度も高くてじっとしていても汗がだらりと額を流れる。扇風機をフル稼働させたところで焼け石に水だ。真夏には四〇度を超える暑さをしのぐのは並大抵のことではないだろう。

二年前(二〇〇一年)にハルモニの家を訪ねたときに住所を書きとめておいたのだが、街の風景に目をやらなかったせいだろうか、いくら探しても見つからない。以前訪れたときには路地の奥まで車で乗りつけて、すぐにアパートに入ったせいで、道順が記憶から抜け落ちていたのだろう。結局、電話で場所を確かめるはめになった。大通りまで出てきて私を迎えてくれたのはハルモニの養女とその夫。路地を進むにつれ、以前訪れたときのことがうっすらと思い出された。お世辞にもきれいとはいえないアパートの三階まで上がると、両側に玄関と、それを覆う鉄格子があった。中ではハルモニが私を

あたたかく迎えてくれた。顔色もよさそうだ。以前は閉じこもりがちだったが、少しは外にも出られるようになったからかもしれない。

ハルモニが生まれ育ったのは南大門《ナムデムン》の見渡せる京城の太平通（現在のソウル市太平路《テピョンノ》）。

「家に一人でいたときのことだよ。軍服を着た人がやってきたんだ」

「これからは女も軍隊に取られるようになったって言うんだよ」

「父さんにも母さんにも会えずじまい、話もできずじまいでそれっきりだよ」

ちょうど留守中だった両親は、ハルモニが中国に連れて来られたことを知る由もなかった。一九三八年、二〇歳だったハルモニは、他の女性八人とともに厳重な警戒のもと、中国に向かう汽車に、それも馬と一緒に乗せられたのだ。

「どこに行くのかもわからないまま汽車に乗せられたんだ」

「汽車が停まるたびに日本兵が襲ってくるんだよ」

「抵抗する力なんてあるわけないさ。銃剣が恐ろしいもんだから、何も言えずにやられるしかなかったんだよ」。ハルモニを乗せた汽車は実は南京《ナンチン》に向かっていた。行く先々で日本兵がやってきてハルモニたちを輪姦した。あまりの出来事に、抵抗はしたものの、日本兵の銃剣を前になすすべがなかった。

「何人か逃げた子がいたんだけどさ、日本のやつらが追っかけて行くだろ？　捕まえられそうにな

かったら銃で撃つんだ。そしたら血を流して倒れるんだよ」。汽車が停まるたびに、このような光景がくり広げられたのだ。南京に着いたハルモニは「あかり」という名前で一年、その後宜昌《イーチャン》で二年、長沙《チャンシャー》で四年、合わせて七年間「慰安婦」であることを強いられた。

「咲いている花がむしり取られたようなもんだよ」

「南京から日本兵にトラックに乗せられたんだ。日本兵のいるところをあちこち連れ回されたわけさ」

「検査なんてあったもんじゃないよ。医者もいないし。ときどき日本人に、なんだかわからないけど月に一、二回ほど注射をされたよ」。ハルモニは結局、性病検査を受けずじまいだった。戦場であるというのに軍医もいなかった。免許もない民間人が、六〇六号と呼ばれる注射をしただけだったのだ。この六〇六号とはサルバルサンという強力な梅毒治療薬だった。処方箋もなく、むやみやたらに注射したために、水銀治療とともにハルモニたちがのちに妊娠できない体になる一因となった。ハルモニはのちに梅毒に感染したことがわかり、長期間の治療の末ようやく回復できた。

ハルモニは戦後、中国で三度結婚した。一人目の夫は激しい暴力をふるった。ハルモニは耐えかねてうちを飛び出した。二人目の夫とは二〇歳近く歳が離れていたが、ハルモニはこのときが一番幸せだったと語る。ちょうどこのときに、いまも一緒に住んでいる娘さんを養女にしたのだ。私もはじめは実の娘だと思っていたが、のちに養子だと教えてくれた。片方の目は一人目の夫に殴られたせいで

失明し、もう片方も白内障になってしまった。両足には常に湿布が貼られている。ハルモニに尋ねると、「足が痺れるもんでね。二日に一回は貼ると少しは楽になるんだよ」。他には薬は飲んでいないようだったが、養女の夫は薬代が月に三〇〇元もかかるとこぼしていた。

旧日本軍が占領していた武漢には多くのハルモニたちが暮らしていた。

「五〇になってから、みんなで集まって勉強したり遊んだりしたさ。でも、仕事が忙しくてさ、だんだん足が遠のいたんだよ」

七〇年代、北朝鮮は在外同胞に主体《チュチェ》思想教育をおこなっていた。武漢でもハルモニたちに支援をおこなうなど特別な配慮をしていた。しかし、ハルモニの住む漢口《ハンコウ》地区は、他のハルモニたちが住んでいた武昌《ウーチャン》地区とは長江を挟んだ対岸。市内の交通事情のよくなかった当時、大河を渡って武昌に行くことは非常に面倒なことだった。他のハルモニたちと知り合う機会の少なかったハルモニは、徐々に朝鮮語を忘れていった。それでもハルモニは、テレビから韓国の歌が聞こえると口ずさんだり踊りを踊ったりした。「アリラン」は忘れてしまったが、「トラジ」はいまでも覚えていて、太鼓を叩く真似をしながら口ずさみ、幼いころの思い出を噛みしめているようだった。

昔の写真を見せてほしいと頼むと、ハルモニは「三六歳のときのものだよ」と言って見せてくれた。北朝鮮の在外公民証には、本籍が京畿道《キョンギド》京城市〔実際は京城府─訳者註〕と書かれていた。

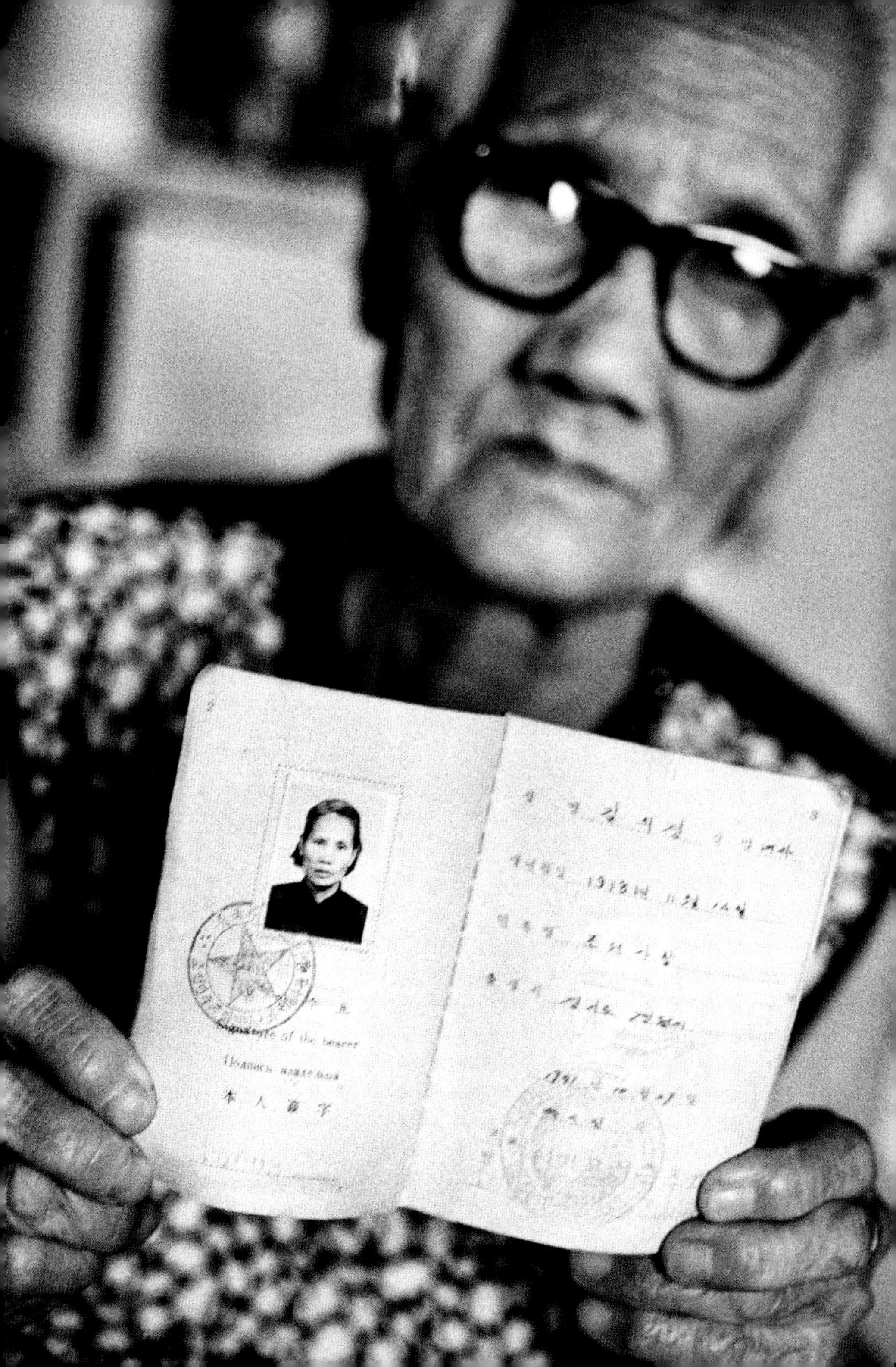
Подпись владельца
本人簽字

「うちからちょっと歩けば南大門が見えたんだよ。兄さん、姉さん、妹の五人兄弟でね、兄さんの名前は『キム・スッペギ』だよ」。最初はよく聞きとれなかったが、何度か尋ねてようやくそれが「キム・スベク」であることがわかった。

「そりゃ韓国に帰りたいさ。父さんにも母さんにも会いたいし、妹にも会いたいけど、いまさら帰ったところで誰もいやしないさ」。ハルモニは兄が生きているとは思っていない。妹のこともよく思い出せず、韓国に帰る夢はとっくの昔に諦めた。

北朝鮮がハルモニたちに対する支援をおこなっていた関係で、ハルモニたちの国籍は北朝鮮になっている。しかし、その支援も八〇年代半ばに途切れて、以後何ら支援を受けずに暮らしていた。私がハルモニを訪ねるようになった当時、日本も中国も韓国も北朝鮮も、誰ひとりとしてハルモニを支援している者はいなかった。ハルモニはふたたび棄てられたのだ。

ハルモニは家事を休まずに続けている。若いころからの習慣だと言って、朝から洗濯や家の掃除をする。ハルモニが一息つくのはテレビを見るときだ。それはハルモニにとって大切な日課。歌番組が大好きで、ひげ面の歌手が画面にあらわれると、ハルモニは立ち上がってテレビのボリュームを上げる。その歌手の家族関係や、昔は大学教授だったとか、中国一の人気歌手だとか細かく教えてくれる。

中国でも韓流ブームが起こり、どのチャンネルも韓流ドラマ一色だが、ハルモニの好みではないようだ。夢中になっているのはむしろ孫。ブームがこの武漢の地までやってきたことを実感した。

「グンジャは韓国に行ったきり連絡もよこさないんだよ。元気でやってるのかねえ」

ハルモニが唯一会っていたハ・グンジャハルモニが韓国に帰国してから連絡がないので、とても寂しがっているようすだった。春節でも誰ひとりとして訪ねて来ず、寂しさは募り、痛みは増す。

「もう誰も訪ねてこないよ。体は痛いし」

多くのハルモニたちがこの世を去った。生きているハルモニたちも寄る年波には勝てず、外出も難しい。普段は外に出て運動をするが、腰が痛いと立っていることすらつらい。

「なんだかんだで薬代がかさむもんだから、節約するために風邪をひいたら薬局で甘草《カンゾウ》を買ってきて煎じて飲むんだよ」。あまりの苦さに、飲んだ後の飴玉が欠かせないとハルモニ。

「こんな年寄りの写真なんか撮ってどうするっていうんだい?」

いい写真をとってプレゼントしたいと言ったところ、「もう撮らなくていいよ。魂が抜けるよ。魂が抜けたら調子が悪くなるから、もう撮らないでってば」。そう言いつつも、写真ができたら持ってきてほしい、次はいつ来るのかと、ため息混じりにハルモニは言う。次に来るときまでお元気で、と挨拶して席を立った。私の姿が見えなくなるまでハルモニは手を振っていた。

武汉总经销

その日の午後、フェリーに乗って長江を渡り、武昌に向かった。旧日本軍の基地があり、慰安所も多数あったところだ。バスや車に乗ると橋を渡る遠まわりのコースになるが、ホテルの前からフェリーに乗ると、ちょうど旧日本軍の基地がかつてあったところに着く。そこから一〇分も歩けば斗級営《トゥーチーイン》だ。いまも昔も細い路地だが、かつてここには慰安所が密集していて、ハルモニたちが通っていた銭湯も残っている。ハルモニたちの話では当時、週に一回お風呂に入ったそうだ。

他にもさまざまな建物が残っていたが、当時慰安所で下働きをしていたというおじいさんを見つけられず、どの建物なのかは結局わからないままだった。

パク・テイム

夜には寝かせてもらえないし、アレをしなけりゃご飯もおあずけさ。

吉林省の図們《トゥーメン》から汽車に乗り、営口《インコウ》経由で大連《ターリエン》へ。そこから船に乗って煙台《イエンタイ》まで、まる一日の旅だった。ハルモニたちはこのルートをたどって船で、汽車で、あるいはトラックに延々乗せられて、わけもわからないまま最前線に送られていたのだ。山東省乳山市。そこからハルモニが住む諸往鎮《チュワン》まではバスの便が悪い。そこでハルモニの孫と落ちあって一緒に行くことにしていたが、行き違いになって見知らぬ地に棄てられたような気分になった。前にハルモニの通訳になってくれたワン・スジンさんに連絡してオフィスを訪ね、そこで待つことにした。

九時になってようやくハルモニの孫があらわれた。ハルモニの顔はしっかり覚えているが、ちょっと挨拶をした程度の孫の顔までは思い出せない。挨拶を交わしてしばらくして、ようやくうっすらと会ったときのことが思い浮かんだ。車に乗って諸往へと向かった。道中では韓国に行ってきた、去年

乳山 31 km
文登
55 km

韓国の親戚が家に来た、そんな話をしてくるが、言葉が通じないため私たちはひたすら押し黙っていた。三〇分後、ようやく車は村に着いた。

寂れた村。そんなありきたりな表現が似合う村にハルモニは住んでいる。ハルモニはあいかわらず元気そうだった。曲がった腰も白髪もそのままだ。もう九〇を過ぎたというのに、ハルモニは村を散歩してまわるほど元気だった。家もそのままだった。変化といえば、家の中に間仕切りの壁ができたぐらいだった。

「鎮川《チンチョン》（現在の韓国・忠清北道《チュンチョンブクト》）で小学校を出て、一六歳のときだったかな、大田《テジョン》に行ったんだよ。蚕から絹糸を取る仕事をしてたのさ」。結婚して二一歳のときに息子を産んだが、「旦那が浮気したんだよ。頭に来て離婚してやったさ。子どもは母さんに預けて仕事してたよ」。その後、ハルモニは息子を連れて母親と一緒に京城へと向かった。わずかばかりの金を持って。

「夜、寝てる最中のことだったよ。日本人のやつらが急に家に踏み込んできたんだ。八カ月の息子もいたんだけど、一緒に引っ張られちまったんだよ。京城は初めてだったから右も左もわからないし」

ハルモニの表現をそのまま使うと、「二二歳のときに、日本の犬ころに連れて来られて、牡丹江を経て奉天《フォンティエン》（現在の瀋陽《シェンヤン》）に来たんだ」

「夜には寝かせてもらえないし、アレをしなけりゃご飯もおあずけさ」

昼には日本兵の血に染まった軍服の洗濯、夜には日本兵の相手をさせられた。何度も抗っても暴力で押さえつけられるだけだった。もっと深く尋ねようとするとハルモニは、思い出すのも嫌だとため息をついた。数回にわたったインタビューでハルモニは、「慰安婦」暮らしの期間を二年と言ったり七年と言ったりした。息子の成長過程などさまざまな状況を照らしあわせると、七年というのがおそらく正しいだろう。

幸いなことにハルモニは、戦争が終わる前に「慰安婦」暮らしから抜け出すことができた。日本軍と国民党軍の戦闘の隙をみて逃げ出したからだ。大連から船に乗って煙台へ、そこから乳山の隣にある海陽《ハイヤン》にたどり着いた。

「あのときはね、中国語がわかんなかったんだよ。朝鮮語と日本語しかできないもんだから、国民党からスパイに間違われちまったんだよ」。ハルモニは息子とともに監獄に入れられ、厳しい尋問の末に拷問まで受けた。幸い村の書記と、のちに夫になる男性が保証人となり、一カ月で釈放された。その後の一九五七年、ハルモニは中国政府から「朴敬愛《ピャオチンアイ》」という名前で身分証明書を発行してもらった。自らの存在が初めて公的に認められたことをとても嬉しく思ったハルモニは、最期までこの証明書を大事に取っていた。

ハルモニは山東省に来て以来、中国語の世界に飛び込んだために、朝鮮語を使うことなく徐々に忘

中華人民共和國許可入籍
入籍證書
隨同入籍人
公元 一九五七 年

れていった。その中国語も、普通話（標準語）ではなく、山東省の方言と朝鮮族訛りの混じった非常に聞き取りづらいもので、挨拶を交わすのがやっとだった。私が「最近どうですか?」と話しかけても、発音が悪いのかわからないと言われた。耳も遠くなり、目も悪くなって、「見えない」とくり返す。私が聞き取れているのかどうかも定かではないだろうに、話を続けるハルモニ。ときどき私のわかる中国語や朝鮮語の単語が出てくると聞き取れるが、それ以外はほとんどわからない。

お昼の時間、孫の勤め先の工場で通訳をしている朝鮮族の崔唱花《チェチャンファ》さんが来てくれた。それまでハルモニと簡単な話しかできていなかったが、崔さんのおかげで少しでも話が通じるようになって嬉しかった。

「ハルモニ、ここに来るときは何に乗って来たんですか?」

しかし、ハルモニは「清州《チョンジュ》、大田、釜山……」と朝鮮の地名を並べて、自分の話をするばかりだ。ハルモニは部屋の片隅の束になった韓国の新聞を持ってきた。広げてハングルの見出しを一文字、また一文字と読み上げる。ときどき間違いはするが、基本的な単語は覚えているようだった。果物の名前、地名や、「アンニョンハセヨ、カムサハムニダ」といった簡単な挨拶言葉を口にして、合っているかと聞いてくる。それすら中国語、それも普通話ができる孫の嫁と崔さんを介しての二重通訳を経て、やっと理解できるほどだ。いつしか話は、故郷に行ってきたときの思い出話に変わっていた。

中老年
中老年

「一日たりとも故郷を忘れたことはないよ。忘れないように毎日地図を見るんだよ」

白内障でかすむ目で、故郷の鎮川の場所を正確に指すハルモニ。

「村には杏《あんず》の樹が一本あったよ」。父親、母親の名前もしっかり覚えていた。これをもとに二〇〇一年、韓国の戸籍を探して鎮川に住む弟を見つけることができた。翌年の八月、ハルモニはついに息子、孫と一緒に故郷を訪れて、弟との再会を果たした。そして両親の墓参りもできた。それはハルモニにとってこの上ない喜びだった。

しかし、言葉の問題、食べ物の問題などで苦労した。名のある中華料理屋を訪ね歩いたが、ハルモニの口に合う料理を見つけられず、ついには食事に箸をつけることすらしなくなったのだ。当初は一週間の予定だったが、四日で中国に帰らざるをえなくなった。

つきあいが長くなるにつれ、ハルモニは私のことを実の孫のようにかわいがってくれるようになった。ハルモニは私に、家族はいるのか、結婚はしたのか、朝鮮のどこに住んでいるのかなど、逆に訊いてくるようになった。拙い中国語に身ぶり手ぶりをあわせて説明すると、ようやくハルモニと意思疎通ができるようになった。

その矢先、ちょっと目を離した隙にハルモニがいなくなった。トイレに行ったものとばかり思って

いたが、外出してしまったようだ。私は孫の嫁と一緒に探しに出た。田舎とは言っても、道沿いの一直線上に並んだ村なのでかなりの距離がある。村じゅうあちこち探した挙句、ようやく通りから一本奥に入った路地でハルモニの姿を見つけた。

ハルモニ、孫の嫁、そして私の三人で、気をとり直して村の散歩に出た。散歩好きのハルモニだが、体のあちこち、とくに腰が痛く、少し歩いては腰をさすって休み、また歩いては休みをくり返す。二〇〇一年にハルモニに初めて出会ったころ、息子の歳は六六歳。諸往鎮の村長を務めていた。ハルモニは村一番の長生きだった。ハルモニの家の前を通りかかると人々は皆が皆、ハルモニは元気かと訊く。するとハルモニは、ちょっと座っていきなさいと背の低い椅子を差し出す。私はそのようすをカメラに収めていたが、それが不思議なのか、近所の人が大勢集まってきた。

家に戻ってすぐ、ハルモニはどこからかユスラウメと卵が二つ入ったビニール袋を取り出してきた。いつのものかわからない卵を取り出して、食べなさいと勧めてくる。満腹だったこともあり何度も遠慮したが、それでも勧めてくるハルモニに根負けして、食べることにした。殻を割って口に入れるとなかなかの味だった。その後もハルモニはあれこれ食べなさいと勧めてくる。何も用意できなかったとハルモニは申し訳なく思っているようだった。

福

ソウルに帰る日。ハルモニは気づいていたようで、表情から残念さが伝わる。二年前に来たとき、一緒に故郷に帰ろうと言ったところ、ハルモニは服を着替えてバッグに荷物を詰めはじめていたことをふと思い出した。そのときのように、一緒に帰ろうと言ってみた。しかし、返ってくるのは苦笑いだけだった。これも食べなさい、あれも食べなさいといろいろな食べ物を渡してくれて、大通りまで見送ってくれた。車が走りだす。立ち込める土煙の向こうに、ハルモニの姿がぼんやりと見えていた。

ヒョン・ビョンスク

魂は朝鮮に行ってるよ。見る夢も朝鮮の夢さ。

本来なら涼しいはずだが、湿気のせいで空気がまとわりつくような感じのする六月の上海。ときどき吹き抜ける風が心地よい。ヒョン・ビョンスク、パク・ウドゥクの両ハルモニに会うために、私はそんな上海に向かった。当地に来ると毎回、韓国語新聞『おはよう上海』の発行人、キム・グジョンさんにあれやこれやとお世話になっている。今回も上海での通訳とガイド役の留学生、武漢での通訳を手配してくれた。ヒョン・ビョンスクハルモニは引っ越ししたこともあり、なかなか連絡がとれなかった。以前、ハルモニの家に間借りしていた漢族の男性の助けを借りて、ようやくハルモニに会うことができた。

まだ開発が進んでいない上海のはずれ。そこはひたすら色のない世界だった。二〇世帯ほどが住んでいる五階建ての建物の階段を上がると、二階に中年男性とハルモニが立っていた。以前会ったとき

の記憶のなかのハルモニに比べて、どこか小さく見えた。部屋が暗いこともあって、すぐにはわからなかった。陽のあたる窓辺に立ってようやく、ハルモニの顔かたちが鮮明に見えた。

「私はね、一七歳のときに博川《パクチョン》（現在の北朝鮮・平安北道）に女を買いに来た男に売られて来たんだよ。中国の戦場に行ったらお金が稼げるって聞いたんだ」

「五、六人ほどの私と同じぐらいの歳の女の子と一緒に、新義州《シニジュ》経由で中国に来たんだ。三〇〇〇円もらったよ」（他の人が受け取った額から考えると、実際には三〇〇円と思われる。ハルモニの記憶違いのようだ）

「三年って言われて来たんだけど、三年が一〇年になっちまったよ」。ハルモニは三年の契約で三〇〇円の前金を受け取り、家計を助けるため故郷の家族に渡した。しかし三年で返せるはずだったものが、結局一〇年もかかってしまった。

女性五人と一緒にまず向かったのは錦州《チンチョウ》（現在の中国・遼寧省《リャオニン》）だった。

「女がいっぱいいたよ。普通の女じゃなかったね。服も化粧も派手だった」。着いた瞬間にハルモニは騙されたと直感したのだ。この絶望的な状況で、ハルモニはすべてを諦めざるをえなかった。

「私の名前は『ホシヤマ・シズコ』だったんだよ。そこには朝鮮人が八人いてさ、一日にだいたい八人の日本兵の相手をしなきゃならないんだけど、戦いが終わって兵隊たちが戻ってきたら、そりゃもう忙しかったよ」。銃声の聞こえる戦場のそばにいるときには、どす黒く血に染まった日本兵の軍服の

洗濯もさせられたそうだ。

その後、ハルモニは安徽省《アンホイ》の蚌埠《ポンプー》、江西省《チャンシー》の九江《チョウチャン》を経て、また安徽省の安慶《アンチン》に連れて来られた。

「日本兵にトラックに乗せられて、あちこちの戦場に連れて行かれたさ」

九江にある「上海館」にいたときにハルモニは、広島出身のイナバという名の海軍将校の子どもを身ごもった。彼の階級は定かではないが、ハルモニの話では肩章に金の線が三本、星が二つあったそうだ〔中佐と思われる—訳者註〕。戦争が終わるころになって子どもが生まれた。産んだ子は娘だったが、すぐに死んでしまった。広島に帰って一緒に住もうとイナバに言われたが、日本人とは結婚できないと断り、ハルモニは上海に残ることになった。

終戦前、イナバに会っているという理由でハルモニは、日本軍の憲兵隊に連行されて拷問を受けた。

「テーブルの上に立たされて、棍棒で腰を思いっきり殴られたもんだから、その場にうずくまってしまったよ」

イナバが助けだしてくれたものの、腰が腫れ上がって、しばらくは動くことすらできなかった。ハルモニがブラウスをたくし上げると傷跡が見えた。いまだにその後遺症に苦しめられているのだ。

「いまも体のあちこちが痛いし、腰には湿布を貼ってるんだ」。ハルモニは腰にサポーターを巻いている。普段なら横になっているところを、私がソウルから来たからと、午前中ずっとベッドの片隅に

もたれて話している。ベッドといってもソファに長い板を載せて分厚い布団をかぶせただけのものだ。

二年前（二〇〇一年）、ハルモニはアパートの一階に住んでいた。部屋が三つもあり、一人で暮らすには広すぎると思ったハルモニはその部屋を二〇〇〇元で人に貸して、自分は七〇〇元の家賃を払って一間しかない部屋に住んでいる。他に収入のないハルモニは、残りの一三〇〇元で暮らしている。もともと上の娘とその夫は瀋陽に住んでいるが、ハルモニが一人で暮らすのが徐々に難しくなりつつあったため、夫のほうが上海まで来てハルモニの世話をしている。痛む足を引きずり一階まで降りるのがつらく、最近は閉じこもりがちになってしまっている。そこでハルモニは、経済的には多少苦しくなっても、出入りの楽な元の部屋に戻るつもりでいるという。

水を飲みなさいとハルモニがコップを差し出してくれた。水を汲むのに数歩動くのも息が上がるというのに。

「昨日、病院に行って血を抜いたんだよ。ちょっと動くだけで息が上がるし、胃液が逆流するけど、もう手の施しようがないみたいだよ」。ハルモニの顔は血色が悪く、元気もない。よく眠れないので床につく前にホットミルクを飲んでいるが、数日前にはそれを全部もどしてしまい、大騒ぎになった。病院で処方された薬を飲んで、ようやく胃の調子が落ち着いたようだ。胃の他にもハルモニは白内障を患っている。いまや一回の手術で治る病気だが、経済的にも体力的にも、ハルモニには負担が大きい。

13

しばしば目がかすむので、そのたびに目薬をさす。

お昼の時間。外に食べに行きましょうとハルモニを誘ったが、いらないと言う。逆にハルモニは、うちで食べなさいと台所から卵を五、六個持ってきて、大きなフライパンに油をたっぷり引いて目玉焼きを作りだした。二つもあれば充分なのに、他におかずがないからと言いつつ、慣れた手つきで目玉焼きを作ってくれた。朝ごはんが遅かったから私はいらないと、ハルモニは目玉焼きに手をつけようとしなかった。

二年前に来たときは、冷麺が食べたくて一緒に食堂まで行った。おいしそうに冷麺を頬張るハルモニの姿が鮮明に思い出された。わかめが食べたいというハルモニのために、持ってきた冷麺、海苔、そしてわかめをプレゼントしたが、来てくれるだけでいいんだよ、わざわざソウルから買ってくることはないよとハルモニは言った。

ハルモニの故郷はいまの北朝鮮にあたる平安北道博川郡。それとは関係ないが、ハルモニは北朝鮮国籍で、七〇年代までは北朝鮮の生活支援を受けていた。それも途切れて、いまやハルモニの面倒を見ている国は皆無だ。ハルモニはまた朝鮮半島で戦争が起きて、故郷に帰れないと思い込んでいた。

「いまからでも故郷に帰ってみたいねえ」と故郷を懐かしむ。いまでは北朝鮮との往来も自由になったと伝えたところ、ハルモニはとても喜んだ。もっと歳をとる前に行きたいといって。

「体はここにあるけど、魂は朝鮮に行ってるよ。見る夢も朝鮮の夢さ」

故郷への懐かしさを募らせるハルモニ。上海で漢族にまぎれて漢族式に暮らしてはいるが、心の中は故郷への思いで溢れている。

「ここでは死んだら火葬されるんだよ。火あぶりだよ。恐ろしいったらありゃしない」「朝鮮は土葬だからいいねえ」。茶毘《だび》に付されると肉体が消えるだけではなく、人々の記憶からも消えてしまう。だからハルモニは自分の存在を覚えておいてほしいのだろう。

「ここの人は仏教を信じてるけど、私は信じないよ。ただただ余生を楽に送って、娘、息子の家族が成功するのを望むだけだよ」

部屋の一角には、燃え残りの線香と灰がこんもり溜まっている。朝な夕な線香をあげて、万事がうまくいくようにお祈りする。とくに息子のことが気にかかるようだ。離婚後に娘の養育費を工面するために、いつもお金がないそうだ。

ハルモニとの別れの瞬間がやってきた。ちょうどそのころ、息子がタクシー運転手の仕事を終えて帰ってきた。彼はハルモニの過去が他人に知られることをあまりよく思っていない。写真を撮るばかりでハルモニの助けにならないだけでなく、むしろ心の傷になるのではないかと心配しているからだ。

ハルモニにまた来ると約束した。いつ来られるかはわからないが。さめざめと泣くハルモニを見ていると別れがたい。余裕さえあれば中国にまた来られるのだが、時が経つにつれ、守れない約束ばかりがどんどん増えていく。ハルモニは、一歩一歩重い足取りで玄関の外、階段まで出てきて、私の姿が見えなくなるまで涙を流していた。

パク・ウドゥク

できれば故郷で暮らしたいねえ。

ヒョン・ビョンスクハルモニの家から車を走らせること三〇分。雨後の筍《たけのこ》のように四、五十階建ての高層ビルが建てられていく上海の街なか、呉江路《ウージャンルー》にパク・ウドゥクハルモニは住んでいた。周辺の古い建物は開発の美名のもとに壊されつつあるなか、ロシア人が建てたというハルモニの家は、幸いそのまま残っていた。

複数の世帯が暮らしているこの家には、呼び鈴がいくつもある。三階の呼び鈴を何度か鳴らして、ようやく固く閉じられた鉄の門の向こうにハルモニの娘の姿が見えた。急な木造の階段を上がり三階のドアを開けると、大きな部屋がひとつあった。ハルモニはそこにいた。部屋の大きさのわりには、これといった家具もない。ベッド二つ、タンス、それにテレビがすべてだ。ハルモニが人生のほとんどを過ごした部屋だ。歓迎してくれるハルモニは、二年前に訪ねたときより幾分明るい感じがした。

52
50

当時、ハルモニは膝の関節炎を患い足を引きずっていて、半身がほぼ麻痺していた。顔面がけいれんを起こしたときは、建物の管理人のおじいさんが三階からハルモニを背負って下まで降りてくれて、ようやく病院に行くことができた。一時は容態が悪化し二度の入院を強いられたが、いまではかなりよくなったようだ。

「うちの家族は他人の船に乗って漁をしてたんだよ。貧しかったからね」

「ある日、女がやってきたんだよ。上海に行かないか、行けば金が稼げるよって誘われてね……」

「釜山についたら一〇人ほどが集められたよ。丹東《ダンドン》まで行って、そこからは船で青島《チンタオ》に行ったんだ」

こうしてハルモニは、一九三五年、一六歳のときに中国にやってきた。当時、青島には日本軍のみならず米軍、英軍も駐屯していた。

「朝鮮の女が二〇人ほど働いてたっけねえ。日本軍以外にも、米軍の客もとってたよ」

「朝鮮からチマチョゴリを持ってったんだけど着させてもらえないから、主人に渡された日本の着物を着てたよ。着物を着て帯で巻いて、足袋と下駄を履いてたさ」

ハルモニには日本名がつけられたが、いまでは思い出せないという。

「お金は一度ももらえなかった。主人に全部取られてね」

「週に一回は日本人のいる病院で検査を受けたよ。私は病気じゃなかった」

「日本軍はサックを使ってたからね。自分たちも病気になって死ぬのが怖いからよ」。実際、「慰安婦」のみならず日本兵も性病で命を落とすことが多かったのだ。

「兵隊と寝るのが嫌で何度も逃げたんだけど、右も左もわからないのに逃げられるわけがないさ。すぐに連れ戻されてひどくぶたれたよ。ぶたれてもぶたれても、また逃げ出すもんだから、主人も面倒くさくなって上海に売り飛ばしたんだ」。着いた先はロシア人女性の経営するマッサージ店だった。そこでハルモニは「ピョヨタ」と呼ばれていた。

「そこの主人の話では三年、三年働いたら自由になれるって」

ハルモニは正体不明の薬を配達する仕事をさせられた。「後にアヘンってわかったから、もうやらないって言ったんだよ。そしたら主人に、すぐに兵隊をお客にとれって言われたんだよ」

「戦争が終わった後、朝鮮に戻る船が出たよ」。一九四五年の終戦後、上海から五便の引揚船が朝鮮に向かった。一度に七、八百人が乗れる大きな船だった。ハルモニには朝鮮に戻る機会があったのだ。しかし、「ロシア人の主人に止められたんだよ。炊事洗濯、なんでもかんでも私がやってたからさ、帰ったところでどうするんだいって止められたんだよ」。そこに、朝鮮の女性を乗せた船が沈没して、みんな溺れ死んだというニュースが伝えられた。もしその船に乗っていたら死んでいただろう、むしろここに残ったのが幸運だったとハルモニは言う。

やがてハルモニのいた店は外国人相手のクラブになった。ハルモニはそこでマッサージの仕事を続けた。しかし、クラブがなくなるとハルモニは生活の糧を失った。建物を所有していた上海市とかけあって、どうにかいまの部屋を手に入れて住めるようになった。

ハルモニは娘と孫と暮らしている。その娘も腎臓を悪くしてきつい仕事ができず、ずっと家にいる。地域の「救済会」から生活の苦しい人に支給される月五〇〇元に加え、韓国僑民会から五〇〇元、ソウル歯科女医会から三〇〇元の支援金を受け取っていたが、前者は二〇〇三年を最後に途絶えてしまい、いまは月八〇〇元で三人家族が糊口をしのいでいる。

「この家は国の所有なんだよ。がんばってかけあって、この家にずっと住めるようになったんだ。家賃は月七〇元だよ」。これはこの地域の家賃相場の一〇分の一にも満たない額だ。しかし、開発の波はハルモニの家を飲み込もうとしている。道を拡張し、新しい建物を建てるため、引っ越しを余儀なくされている。

「来年には引っ越さなきゃならないんだけど、心配でいっぱいだよ」

上海市が新たに用意した家は、市内から遠く離れたところだ。「三世代が暮らしてるから部屋が三つある家がもらえるんだけどねえ。孫の学校も、病院も遠くなっちまうんだよ。急病のときには心配だねえ」。部屋の数が少なくても、中心部に近いところに住むのがハルモニと家族たちの願いだ。

「もう故郷に帰りたいってよく思うねえ。私の故郷は南だけど、国籍が北になってるんだ。なんとか方法があればいいんだけど……」。しかし、故郷に家族がいなければ帰るのは難しいと、何の助けにもならない答えしかできない自分にもどかしさを感じる。

「故郷にはもう誰もいないだろうねえ。両親ももう死んでるだろうし……。できたら故郷で暮らしたいねえ」。そう言って涙を流すハルモニ。

「うちは農家だったんだけど、田んぼが小さいもんだからやることはそんなになかったよ。上の兄さんは、漁をしてる最中に海に落ちて死んだんだ」

「隣の家までずいぶん離れててね、ずっと家の中で暮らしてたよ」。外出するのは村に市が立つときぐらいだった。

「実の母親は妹を産んですぐに死んだんだよ。その後継母がやってきたんだ」。ハルモニは自分をいじめる継母をひどく嫌っていて、家出までしたそうだ。わずか一日で、ハルモニは深い話をしてくれるようになっていた。

ハルモニが一日を過ごす空間は一〇坪ほどの部屋。そこから見える外の風景が、ハルモニの目に映るすべてだ。一日のほとんどを娘と一緒に過ごしているが、必要最低限の言葉をかわす以外はほとんど話をしない。日課といえばテレビを見て笑うことぐらいだ。韓国ドラマが画面に映るとハルモニは

조선 사람
경상남도 고성군

夢中になる。キム・ヒソン〔韓国の女優―訳者註〕の声は中国語に吹き替えられていて、原題もわからない。でも、ハルモニは一所懸命見て、あらすじをひとつひとつ説明してくれる。

古くなりうっすらと曇った窓からは、高層ビルに反射した陽の光が差す。その窓から見える外の世界は殺風景そのものだ。窓の隙間から入ってくるのは、通りの自転車の音と人々の足音、高層ビルの建設現場の騒音とほこりだけ。ハルモニが外の世界と接する唯一の窓口だというのに。

二年前に来たとき、写真を撮るから笑ってと言っても、ひきつった笑顔を浮かべるばかりだった。笑顔を忘れたまま一生を生きてきたハルモニのことだから、無理もない。しかし、いまは寂しさから抜けだそうとしているのだろうか、言葉の合間に笑顔を浮かべていた。

パク・ソウン

寄る年波には勝てないねえ……長年暮らしたここがもう故郷だよ。

早朝。黒龍江省の東寧を発って吉林省の春化鎮《チュンファ》に向かう道は、氷が溶けて泥だらけのガタガタ道だった。スピードを出せず走ること五時間。山道の向こうに静かな平野が広がる春化鎮があらわれた。七〇年ほど前までは、道を挟んで北側には旧日本軍の部隊が、その反対側には「慰安所」をはじめとしたさまざまな関連施設がところ狭しと並んでいたという。

バスから降りてハルモニの住む村へと向かった。路地にさしかかると、板塀が並んでいて、その奥の長屋のひとつにハルモニは住んでいた。まだ肌寒いというのに、家の玄関は開いていた。

「ハルモニ、いますか? ソウルから来ました」。呼びかけてみても答えがない。二年前に訪れたときは元気だったハルモニは、暗い部屋のなかでじっと横になっていた。病の深刻さが一目でわかった。

「口減らしのために結婚させられたんだよ」。ハルモニは一九歳のときに、家の貧しさのために結婚させられた。嫁に来たのは釜山近郊の農村。夫の顔は結婚するまで知らないままだった。綿摘み、機《はた》織り。都会育ちのハルモニにはつらい仕事が続いた。加えて姑の嫁いびり。結局、一年で追い出された。実家には帰れず、食堂で働くことにした。

「工場で雑用さえすればいいと思ったんだよ」

「おまんま食いっぱぐれないように、二〇歳のときに満州に来たんだ」。ハルモニは家族の窮状を見ぬふりができず、募集員に三〇〇円を前払いでもらい、それを家族に渡して「満州」にやってきた。

「母さんには行くなって止められたんだけどさ」

「知り合いと一緒に来たんだよ。釜山から女二〇人と一緒に」

「釜山から汽車に乗せられたよ。ここまで、どれほどかかったかわかんないよ」。家族に連絡できるように、布団の中に住所を書きとめたメモを入れておいたが、混乱のなかでなくしてしまい、連絡もできなくなった。

「琿春を経由して春化の慰安所について、ようやく騙されたってわかったよ」

「私のいた慰安所は『ダイイン』、そこでは『サシキ』って呼ばれてたんだ」(「サッキ」かもしれない。朝鮮語には「つ」の音がない。「ダイイン」は不明―訳者註)。隣には別の慰安所があり、道の向こうには日

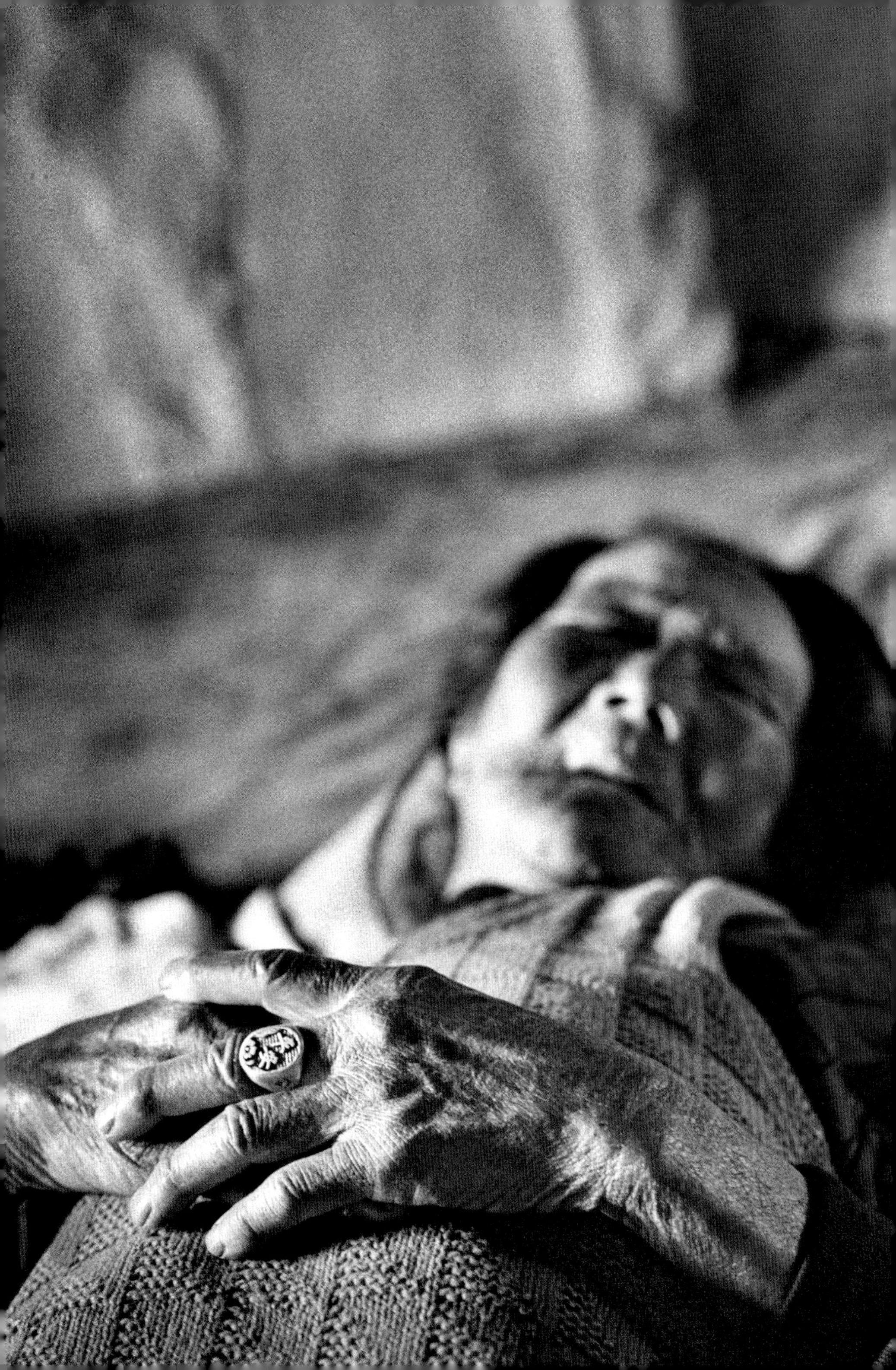

本軍が駐屯していた。

「忘れようにも忘れられるわけがないよ。前を通るたびに怒りがこみ上げてくるよ」

すでに慰安所の建物はなく、新しく家が建てられたとはいえ、そこはハルモニの家からわずか五分の距離。どこかに行くにはその前を通らざるをえないのだ。

「週に一回、兵隊のいるところに行ってお風呂に入って、軍医の検査を受けるんだよ」

「しばらくして病気になっちまったんだよ」。「慰安婦」暮らし三カ月で性病にかかってしまったのだ。

「病気だというのに客をとらされたよ。週末には兵隊が大勢来るもんだから、五人も相手させられるんだ」。しかし病が悪化し、主人は客をとらせるのをやめた。「役立たずだって、部屋に暖房も入れてくれないんだ。飯もくれないし……」。主人はハルモニが金を稼げないという理由で、検査や治療も受けさせてくれず、寒さと飢えで故郷から引き離された悲しみは深まるばかりだった。村の家々を回って食事を恵んでもらわざるをえなかった。

「あのときの苦労のせいか、いまだに病気がちだよ」

その後、ハルモニは漢族や朝鮮族の男性と結婚、離婚をくり返した。

「いま考えてみると、あのとき体を台無しにしたんだよ。情けない」。ハルモニは結局、子どもを産むことはなかった。「慰安婦」暮らしで体が台無しになったため、妊娠できない体になってしまってい

たのだ。同棲していた漢族の高齢男性には連れ子がいた。長女はすでに結婚し、まだ若い次女とは三年ともに暮らして嫁に出したが、結局心が通じあうには至らなかった。時間が短すぎたのだろう。いまは山向こうの東興鎮《トンシン》に住んでいるが、ハルモニに会いに来ることはほとんどない。長年の持病を抱えているというのに。

私の訪ねる五日前から、ハルモニは四回も吐血していた。元気もまったくといっていいほどなかった。医者からは胃からの出血だと言われた。二年前にも痔だと言われていたが、薬代がなく放置せざるをえなかった。食べる量を減らして便の量を減らすことで対処していた。しかし、それが原因で栄養失調になり、消化器も弱っていた。お粥すらも喉を通らないほどの状態だった。

村の人々はハルモニのことを心配してくれているようだ。ハルモニの家を覗いて声をかけたり、腰掛けてしばらく話をしていく。近所に住んでいる長白旅館の自転車屋の朝鮮族のおばさん、村長、村の婦女隊長もときどきやってくる。ハルモニの介護が必要だと思った村の人々は、いくらかずつお金を集めて、炊事洗濯をしてくれる人を雇おうとしていた。しかし、ハルモニが必要とする薬を買うほどのお金はなく、もどかしさを感じていた。ハルモニの病状からすると、琿春や延吉といった街まで出なければ、まともな治療は望めそうになかった。

お昼には村で開業している若い医師が往診にやってきた。ハルモニの弱々しい腕に擦り切れた黒い

布を巻いて、そのあいだに聴診器を差し込む。血圧を測ったものの、脈が弱々しく、もはや匙《さじ》を投げたも同然だった。栄養失調を脱して体力を回復できれば、まだ望みがあるのだろうが。医師は小さな瓶に入った栄養剤とブドウ糖を古ぼけた注射器に入れて打つと帰っていった。

すでに痩せこけるだけ痩せこけた体は骨と皮だけで、注射をするとかなり痛むようだった。ハルモニの腕には黒くなった注射の痕がいくつもついていた。もはや注射の痕を回復させるだけの体力すら失われていたのだろう。それでも元気になりたいとの一心で、ハルモニは注射を受け続けていた。

ハルモニの弱った体に一滴、また一滴と点滴液が入っていく。しかしそれすら力弱く時間がかかる。ハルモニはそれがじれったいようだった。二年前に訪ねたときには痔を患ってはいたが、巻きタバコを吸い楽しく話して、笑顔が溢れていた。村に遊びに行って一日を過ごしたりもしていたが、いまではこの小さな部屋がハルモニの空間のすべてになってしまったのだ。

激しい吐血のためにハルモニの顔色は青白かった。貧血のせいで立っていることすらつらい。トイレに行くときにすら、村の人々の力を借りざるをえないほどだ。ようやく体を起こして、杖に頼って歩こうとするが、その足取りはただただ重い。

ハルモニが実の孫のようにかわいがっていた隣家の娘、ホンナンが帰ってきた。ハルモニの窮状に心を痛め、涙を流しつつ粟粥を食べさせる。ハルモニはホンナンに心配ないとは言うが……。

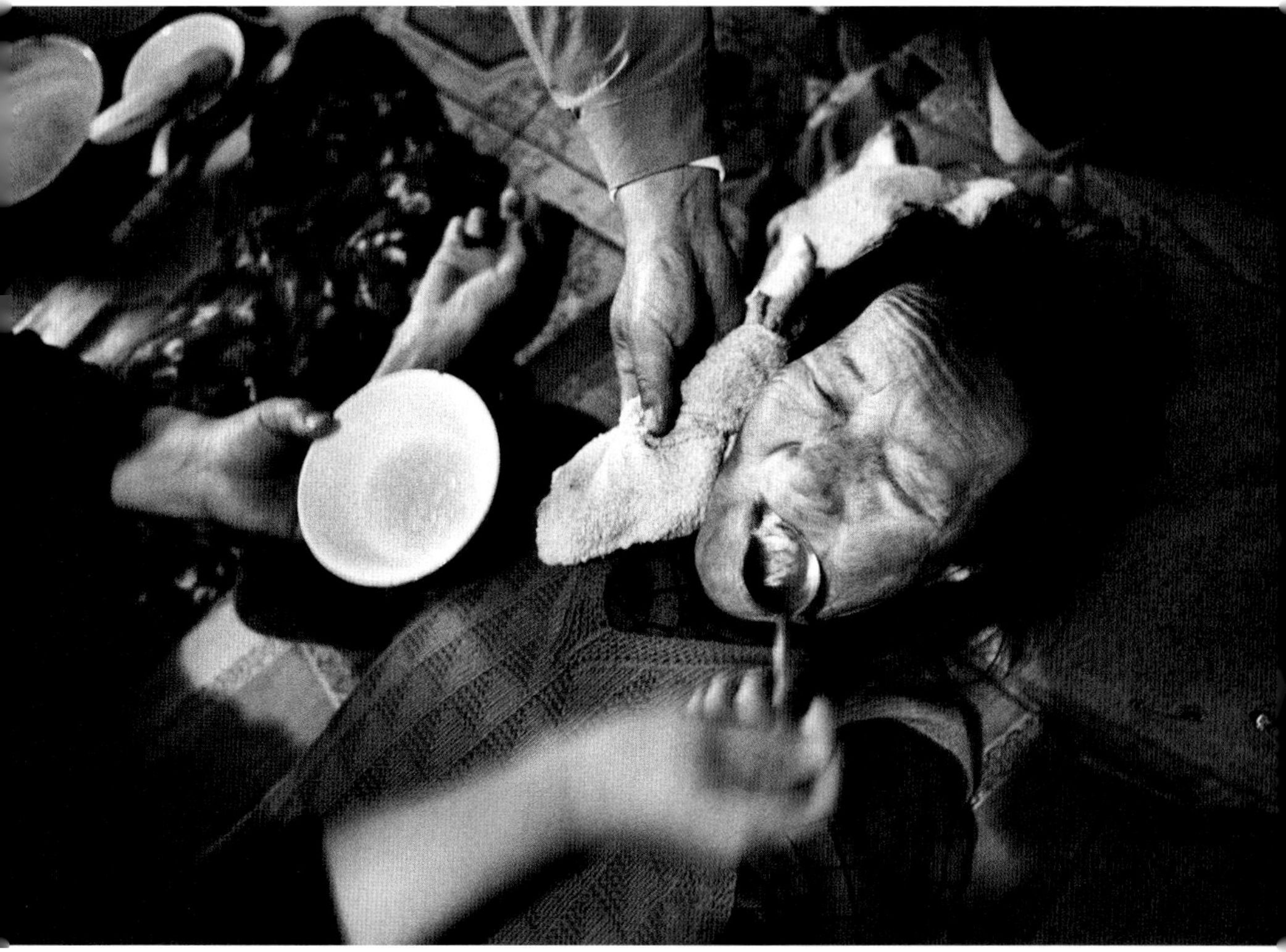

村の人々の真心が届いたのだろうか、昨日に比べてハルモニの病状が若干よくなった。一口、二口しか食べられなかった粟粥も、もう少し食べられるようになった。「早く元気にならなきゃねえ」と言いつつ粥を口に運ぶハルモニには、前向きな姿勢が戻ってきつつあるようだった。

夕方、隣家に住むホンナンのお母さんがやって来て、ハルモニが風呂敷包みの中に隠しておいた通帳を見せてくれた。誰よりもハルモニが頼りにしていた彼女だけあって、ハルモニの暮らしを一から十まで把握していた。通帳にはソウル歯科女医会から送られてくる毎月三〇〇元の入金記録が残っていた。一〇〇元、二〇〇元と引き出され、残高は一〇〇元にすぎない。ホンナンのお母さんの話では病院代に使ったとのことだ。病状が深刻でも、お金のかかる大病院にはとても行けない。

なんとか助ける方法はないかと、韓国の挺身隊研究所のコ・ヘジョン所長に電話で、ハルモニの置かれた状況を伝えた。幸い、当面の病院代と生活費を合わせて二〇〇〇元を渡すことになった。ハルモニは「どうしたらいいのやら……」とくり返す。お金は必要だとはいうものの、申し訳なさでどうしたらいいのかわからないようだ。お金を受け取ったことを証明する書類に、厳さんの助けで「パク・ソウン」とハングルで書くハルモニ。朝鮮族の村に住んでいて朝鮮語はできるとはいえ、ハングルに接することがほとんどなかったハルモニには、自分の名前を書くことすらひと仕事だ。

少し元気を取り戻したハルモニを残して春化鎮を去る。もしかすれば、これが最後になるかもしれない。そう思いつつも、お元気で、また会いましょうと約束して、後ろ髪を引かれつつ村を発った。

■ ハルモニたちの略歴

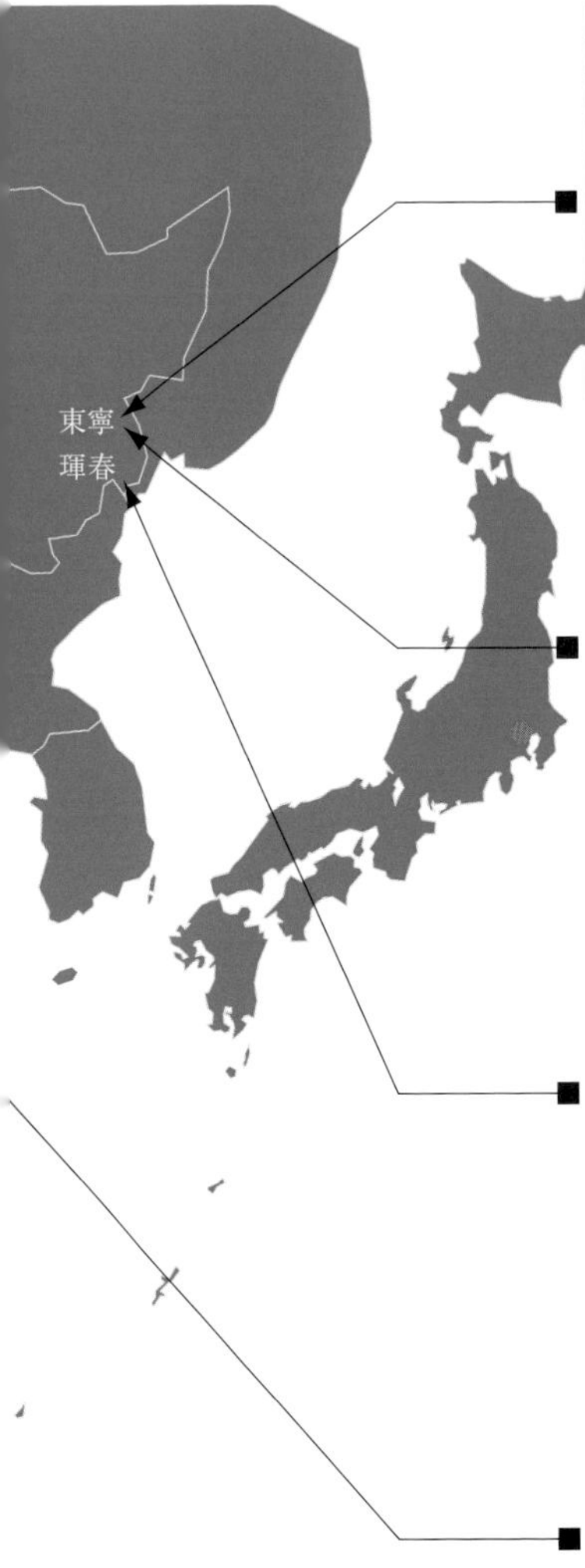

李寿段　イ・スダン
国　　　籍：中華人民共和国
現　住　所：黒龍江省東寧県
生 年 月 日：1922年
故　　　郷：平安南道粛川郡
動　員　年：1940年（19歳）
当時の日本名：ひとみ
当時の慰安所：阿城、石門子
慰安所にいた期間：4～5年

金順玉　キム・スノク
中　国　名：金淑蘭
国　　　籍：中華人民共和国
現　住　所：黒龍江省東寧県
生 年 月 日：1922年
故　　　郷：平安南道平壌
動　員　年：1942年（21歳）
当時の日本名：かよこ
当時の慰安所：東寧、石門子
慰安所にいた期間：3年

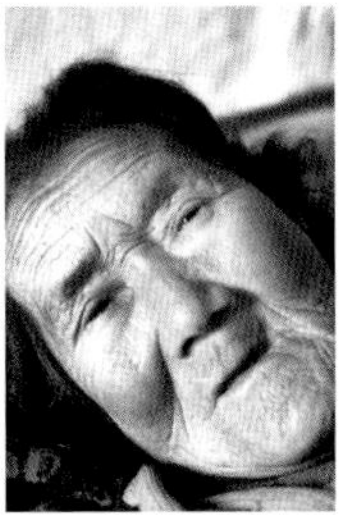

朴徐云　パク・ソウン（2011年没）
国　　　籍：中華人民共和国
現　住　所：吉林省琿春市
生 年 月 日：1915年12月23日
故　　　郷：慶尚南道釜山近郊
家 族 構 成：10男1女中末娘
動　員　年：1934年（20歳）
当時の日本名：サシキ
当時の慰安所：今住んでいる村の近く
慰安所にいた期間：3カ月

朴大妊　パク・テイム（没年不詳）
中　国　名：朴敬愛
国　　　籍：中華人民共和国
現　住　所：山東省乳山市
生 年 月 日：1912年9月20日
故　　　郷：忠清北道鎮川郡鎮川面
家 族 構 成：現在、息子、嫁と孫の家族
動　員　年：1934年（22歳）
当時の慰安所：奉天、満州の各地
慰安所にいた期間：7年

※現住所は2003年当時。年齢は満年齢と数え年が混在している

中国に残された朝鮮人日本軍「慰安婦」の女性たち

The survived Korean women who had been left in China
– Military Sexual Slavery by Japan During the Second World War

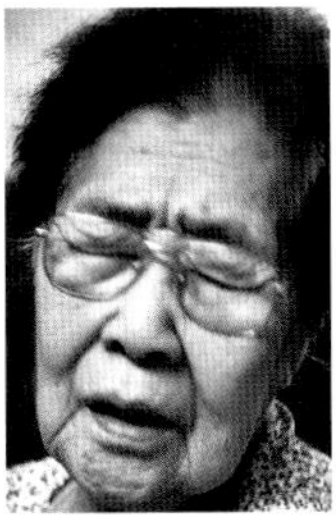

裵三葉　ペ・サムヨプ（2011年没）
国　　　籍：中華人民共和国
現　住　所：北京市
生年月日：1925年4月26日
故　　　郷：慶尚南道河東郡
家族構成：1男3女中末娘
動　員　年：1937年（13歳）
当時の日本名：けいこ、スミコ
当時の慰安所：中国内蒙古包頭市
慰安所にいた期間：3〜4年

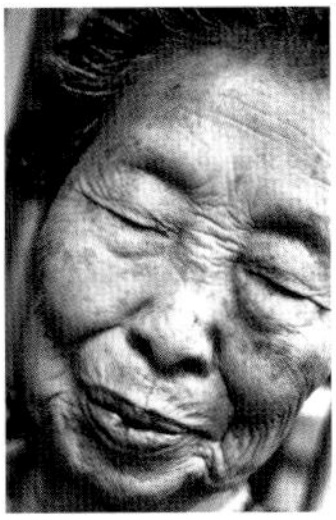

玄炳淑　ヒョン・ビョンスク（2008年没）
国　　　籍：朝鮮民主主義人民共和国
現　住　所：上海市
生年月日：1917年
故　　　郷：平安北道博川郡
動　員　年：1934年（17歳）
当時の日本名：ホシヤマ・シズコ
当時の慰安所：綿州、中国各地
慰安所にいた期間：11年

金義慶　キム・ウィギョン（2009年没）
国　　　籍：朝鮮民主主義人民共和国
現　住　所：湖北省武漢市
生年月日：1918年
故　　　郷：京城府大平通
家族構成：1男4女中4番目
動　員　年：1938年（20歳）
当時の日本名：あかり
当時の慰安所：南京、宜昌、長沙
慰安所にいた期間：7年

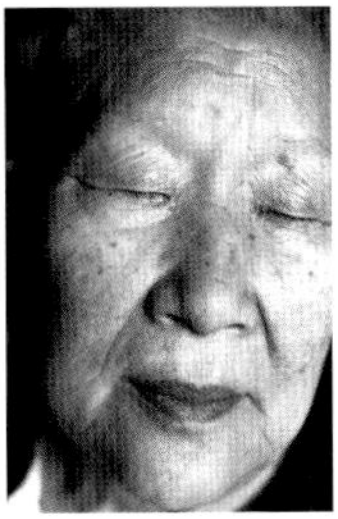

朴又得　パク・ウドゥク（2007年没）
国　　　籍：朝鮮民主主義人民共和国
現　住　所：上海市
生年月日：1919年
故　　　郷：慶尚南道固城郡水南里
家族構成：現在、娘と孫
動　員　年：1935年（16歳）
当時の日本名：覚えていない
当時の慰安所：青島
慰安所にいた期間：10カ月

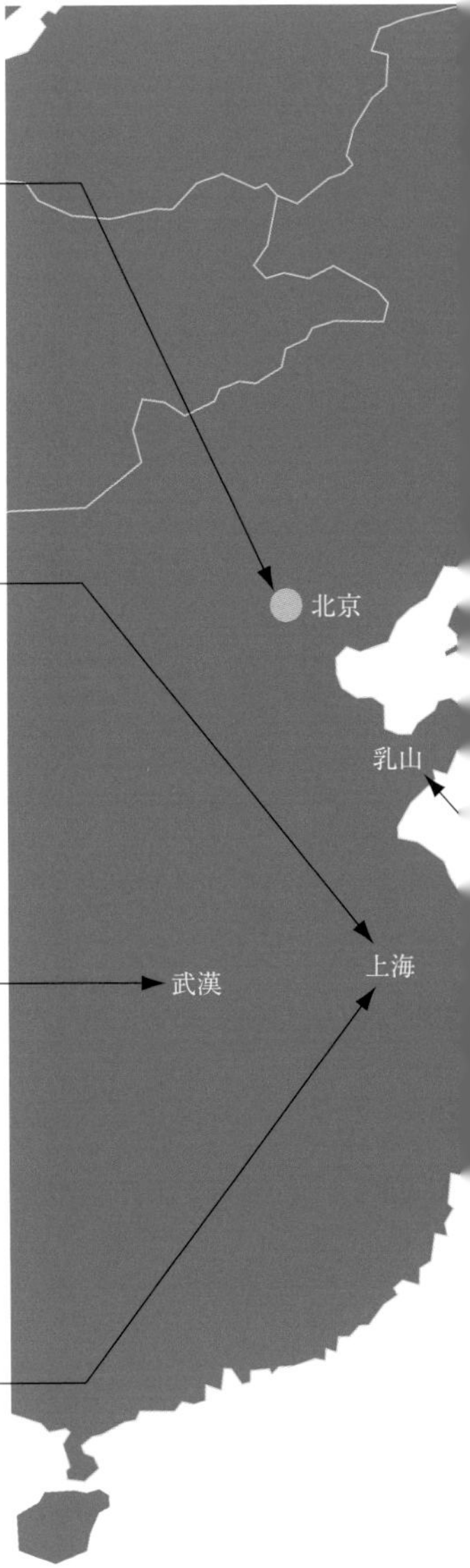

後記

写真で重重と積もった恨《ハン》を解く

二〇〇一年から二〇〇五年にかけて、ハルモニたちに会うために七度の旅をした。韓国挺身隊研究所（所長：コ・ヘジョン）の研究員とともに三回、黒龍江省から北京、上海、乳山、武漢に至るまで、中国に残された一二人の朝鮮人日本軍「慰安婦」被害者ハルモニを訪ね歩いた。そして、ハルモニたちのために自分に何ができるだろうかと考えてきた。一時は、写真を撮ること以外には何もできないと自責の念を抱いたこともあったが、考えぬいた末に、写真家であるということが自分の最大の強みだという結論に達した。

そして、異国に残されたハルモニたちの実像を写真に撮って広く知らしめるべく、ＳＡＲＳが猖獗《しょうけつ》を極めていた二〇〇三年、ふたたび中国へと向かった。本書に収録した写真と文章は、四度目と五度目にあたる、その年の訪問をもとにしている。いまなお残る植民地支配の痕跡を間接的ながら体感し、六〇〜七〇年あまり前のハルモニの心の中の痛みを、写真という形で余すところなく伝えようとした。そして、その年の八月にソウルで写真展を開いた。「慰安婦」についてさほど知られていなかった当時、故郷に帰れずにいるハルモニたちの物語は多くの人々に衝撃を与えた。

七度に及んだ中国への旅のあいだ、短いながらハルモニたちと泣いて、笑って、実に多くのことを語りあった。そのときの記録を写真とともにようやく出版できることになった。一度会い、二度三度会うにつれて、ハルモニたちと交わす話はより深く、より広くなる。言葉の通じない人もいたが、身ぶり手ぶりでも真実は通じた。その真実を写真に、また文章にすることで色あせてしまわないかと心配したりもした。ひとつ残らずすべてを伝えたいからだ。限られた紙面に合わせて文章を綴り、写真を選びつつ、自分の心の中にハルモニたちがいまだに生きていることを実感した。

一二人のハルモニをすべて紹介したかったが、この世を去ったり、生きてはいても会えない状況の人もいた。初めての中国への旅で出会った、東寧に住むイ・グアンジャハルモニは、二度目に訪れたときにはすでにこの世の人ではなかった。武漢に住んでいたハ・サンスク、ペク・ノプテギの両ハルモニは、家族の懐に抱かれるべく二〇〇三年に韓国に帰国して、韓国国籍を取り戻してはいたが、韓国の家族から冷たく扱われひどく傷ついた。言葉もうまく通じず、寂しさのあまり、数年後に武漢に戻っていってしまった。

二〇〇五年以降、ハルモニたちに会いに行こうにも機会が得られず、人づてに聞く便りと、ときどきかける電話に頼るしかなかった。一人、また一人とこの世を去るハルモニ。会いに行きたいと強く願ってはいたが、個人的な事情で叶わなかった。時が経つにつれ、通じない電話も増えた。連絡が途絶えて数カ月経つと、亡くなったという悲しい便りが伝わってきた。

二〇一二年、東京で写真展を開くこととなり、中国に残されたハルモニたちに伝えようと電話したが、黒龍江省東寧に住むイ・スダンハルモニと吉林省琿春市春化鎮に住むパク・ソウンハルモニだけは電話が通じなかった。時間を置いて何度か電話したが無駄だった。焦る思いでその年の一〇月に現地へと向かった。悲しい報せを確認するだけの旅になるのではと思いつつも、一方では電話番号が変わっただけであることを願っていた。

幸い、イ・スダンハルモニは生きていた。以前いた道河鎮から、東寧の街なかにある敬老院に移っていた。しかし、二年前に統合失調症にかかり、ベッドから落ちて大腿骨を折ってしまい、食事も下の世話も一人ではできなくなってしまっていた。初日には私の顔を覚えていて

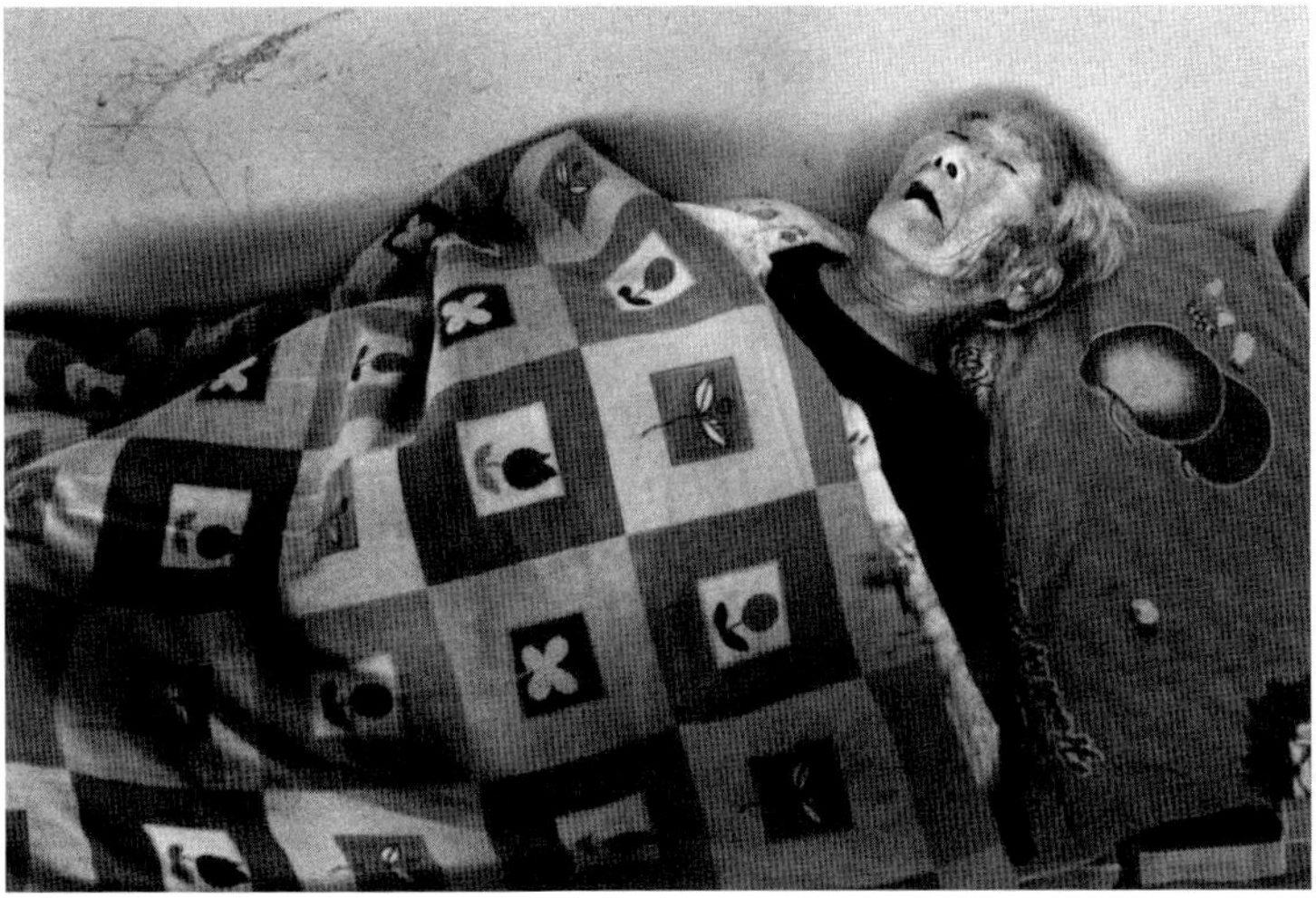

喜んでくれたが、明くる日訪ねていくと、もう誰かわからなくなっていた。家族もおらず敬老院に一人で暮らし、手厚い介護も受けられず、薬のせいでほとんど寝たきりだった。

次にパク・ソウンハルモニの家に向かった。しかし、あったはずの家は忽然と消えていた。村の人々に尋ねまわってようやく、前年の冬に亡くなったということがわかった。せめてお墓に花を手向けたかったが、それすらなかった。荼毘に付されて草原で散骨されてしまったのだ。ハルモニを記憶しようにも、最後の痕跡さえも消し去られてしまった。他のハルモニたちも同様に消えてしまった。残ったハルモニも、遅かれ早かれ荒野の一握の砂となってしまうだろう。

東寧のイ・グアンジャハルモニは二〇〇二年、武漢のペク・ノプテギハルモニは二〇〇六年、上海のパク・ウドゥクハルモニは二〇〇七年、ヒョン・ビョンスクハルモニは二〇〇八年、武漢のキム・ウィギョンハルモニは二〇〇九年、北京のペ・サムヨプハルモニは二〇一一年にそれぞれ亡くなった。乳山のパク・テイムハルモニは二〇〇三年以降連絡がとれず、亡くなった年が確認できていない。

いままでは以前から何度も会った四人のハルモニと、最近（二〇一二年）湖北省孝感で見つかったパク・チャスンハルモニの合わせて五人が、中国と韓国に残るだけだ。東寧に住んでいたキム・スノクハルモニは、二〇〇五年に韓国京畿道の広州《クァンジュ》にあるハルモニたちの施設「ナヌムの家」に移り住み元気を取り戻したが、最近はアルツハイマー病に苦しめられている。北京に住んでいたイ・グィニョハルモニは、以前から患っていた脳卒中の後遺症により一人で暮らすことができず、子どももいなかったため、夫の死後二〇一二年に韓国に戻り療養施設で暮らしている。中国に暮らすハ・サンスクハルモニは、一度は韓国に帰国したもののふたたび中国に戻り、娘と孫とともに暮らしている。そして、パク・チャスンハルモニも、孝感郊外の村で養女とその家族とともに暮らしている。

二〇一一年より私は東京、名古屋、大阪、京都などで、中国で出会ったハルモニたちの話をするために講演会を開いてきた。そこで感じたのは、多くの日本の人々が日本軍「慰安婦」について関心がないということだった。写真というアートを通じてアプローチすれば多くの人がこの問題に関心をもってくれるのではないか、そういう思いで日本での写真展を開くことにした。東京でギャラリーを探していた二〇一一年一二月、新宿のニコンサロンに、写真と写真展の内容についてのパンフレットを送った。

二〇一二年一月、日本の著名な写真家や評論家五人からなる審査委員会で評価を受けて、新宿ニコンサロンでの写真展開催が決まった。しかし、開催一カ月前の五月二二日、ニコンサロンから突然写真展中止の通告を受けた。理由は明らかにできないとの言葉とともに。何度も対話を試みたが黙殺され、結局は東京地裁に写真展開催を求める仮処分申請を提出した。ニコンは私が「重重」写真展を通じて政治的活動をしようとしていると主張した。全世界の写真家たちと多くの市民が、表現の自由を抑圧するニコンに抗議するための署名活動をおこなった。結局、裁判所は写真展開始の三日前に、ニコンの主張は不当であるとし、写真展を開催せよとの決定を出した。

写真展の開催にはこぎつけたものの、それはまともな写真展とは呼べないものだった。ニコンは弁護士をギャラリーに常駐させて私の一挙手一投足を監視させた。自分の写真展なのに、そのようすを写真に撮ることすら禁じられた。観客は皆が皆、荷物検査を受けさせられた。写真史上例を見ない、人権を無視された状態で写真展は開かれたのだ。ニコンの妨害にもかかわらず、多くの観客からの支持を得て、写真展は成功裏に幕を閉じた。

しかし、その後開かれることになっていた大阪ニコンサロンでの写真展は、ニコン側がギャラリーを開いてくれずキャンセルとなってしまった。これに対して、どのような形でも写真展を開かなければならないという関西の多くの人々と力を合わせて、大阪心斎橋にあるピルゼンギャラリーで、予定より一カ月遅れて写真展を開くことができた。それ以外にも東京練馬区のギャラリー古藤《ふるとう》、外国人特派員協会、札幌エルプラザで写真展を開いた。韓国ではソウルの流家軒《ユガホン》、大邱《テグ》の大邱国立博物館、アメリカでは日本軍「慰安婦」の碑があるニュージャージー州パリセーズパークで一カ月間、写真展を開いた。同時にニューヨーク、フィラデルフィアなどで講演会も開いた。

日本軍「慰安婦」被害者たちは韓国・朝鮮にのみ存在するわけではない。日本軍は第二次世界大戦中、アジア各国の女性を強制的に性奴隷として従事させた。中国、台湾、フィリピン、マレーシア、インドネシア、オーストラリア、そして日本にも被害者が生存している。そしていまだに当時の苦しみから抜け出せていない。それらの多くの国が開発途上国であるため、先進国から足元を見られて、経済発展のために戦争責任や日本軍「慰安婦」問題などの解決のための声を上げられずにいる。

二〇一三年一月には、フィリピンのマニラに住んでいる被害者のロラ（タガログ語でおばあさんの意）八人に会うことができた。数千の島からなるフィリピンでは、市民団体の調査によると千数百人の被害者がいるという。その後詳しい調査や保護がおこなわれず、現在そのうち何人が生きているのかわからない状況だ。マニラにある「バハイ・ナン・マガ・ロラ」（ロラたちの家）には、家族のいないロラが三人暮らしている。ときどき別のロラたちも訪ねてきて、お互いの痛みを癒しつつ余生を送っている。日本に対してできることは一年に二度、日本大使館まで行って抗議集会を開くことぐらいだ。

ロラたちはときどき訪ねてくる学生や市民と語りあったりもするが、大抵はふきんや子ども服を作ったり、歌を歌ったりダンスをしたりして痛みを癒している。当時の記憶を忘れてその怒りを解こうにも、声ひとつ満足に上げられずにいるのにできようか。フィリピンの政府、国民の無関心が、ロラたちを苦しめているのだ。

日本軍「慰安婦」被害者がこの世に生み出されてから八〇年あまりが経った。戦争で多くの女性が日本軍の性奴隷として踏みにじられた。「慰安婦」被害者であると名乗り出た人々も、その多くが齢九〇に達し、残された日はそう多くない。ハルモニたちの痛みは過去のものではなく、現在のものだ。ハルモニたちが生きている限り、その痛みを記録し続け、日本や世界で写真展を開いていくのが私の務めだと思っている。

そして、フィリピン、台湾、フランス、アメリカなどで「慰安婦」の写真を撮り続けている写真家たちと力を合わせて合同写真展を開き、ハルモニたちの痛みを知らせ、かつ痛みを少しでも癒したいと考えている。

ハルモニたちの心のなかに重重と積もった恨《ハン》が解ける日が、一日でも早くやってくることを望んでやまない。

二〇一三年五月

安　世　鴻

［解説］　中国に置き去りにされた朝鮮人「慰安婦」問題を問う意味

金富子

朝鮮人女性は、なぜ中国に「慰安婦」として連行され、なぜ故郷に帰還できなかったのだろうか。本稿では、本書に登場する女性たちのライフ・ヒストリーを振り返りながら、「慰安婦」制度の歴史的な概要と実態、とりわけ中国大陸の慰安所へ連行された朝鮮人「慰安婦」の「戦後」（朝鮮解放後）と一九九〇年代以降の変化について、韓国政府の政策も含めて、簡単にみていきたい。

「重重」のなかの朝鮮人「慰安婦」たち

安世鴻さんが二〇〇一年から五年間にわたって中国各地に訪ね歩き、探し当てた朝鮮人元「慰安婦」は一二人（のち一三人）であったという。このうち八人の肖像写真が、訪問記とともに本書に収められている。イ・スダンさん（故郷は朝鮮・平安南道粛川郡→現在は中国・黒龍江省）、キム・スノクさん（平安南道平壌→黒龍江省東寧）、ペ・サムヨプさん（慶尚南道河東郡→内蒙古の包頭、釜山に戻るが再度北京へ）、キム・ウィギョンさん（「京城府」→南京、湖北省宜昌、長沙、現在は武漢）、パク・テイムさん（忠清北道鎮川→旧満洲・奉天、現在は山東省乳山市）、ヒョン・ビョンスクさん（平安北道博川郡→遼寧省錦州、安徽省など、現在は上海）、パク・ウドゥクさん（慶尚南道固城郡→山東省青島・上海、現在は上海）、パク・ソウンさん（慶尚南道釜山近郊→吉林省琿春市春化鎮）である。

彼女たちの出身地は、朝鮮北部（現在の朝鮮民主主義人民共和国）に属する平安北道・南道、朝鮮南部（現在の大韓民国）に属する慶尚南道・忠清北道、そして「京城府」（現在のソウル）である。また、連行地（居住地）は旧満洲（中国東北部）に属する黒龍江省・吉林省・遼寧省、内蒙古、中国内陸部の湖北省、また大都市の青島・上海、南京、北京などである。たった八人だけでも、日本による植民地支配下の朝鮮各地から、戦場となった広大な中国大陸のあちこちの軍慰安所に連行されたことがわかる。

　では、いったいどれくらいの朝鮮人女性が、中国に「慰安婦」として連行されたのだろうか。現在、それらを正確に知る手だては失われてしまった。「慰安婦」制度は日本軍にとって恥部、秘匿事項であったし、日本敗戦時に証拠を隠滅したからである。たとえば武漢兵站司令部は、敗戦と同時に軍の命令で「慰安関係の参考綴、スクラップブック、調査資料集など」を焼却し、また関東軍（＝中国東北部に駐屯した日本軍）参謀本部には「慰安婦」配置表が存在したが、敗戦時に処分された（注1）。武漢、中国東北部とも、先述のイ・スダンさんなど、多数の朝鮮人女性が連行され多くの慰安所があった場所である。

　しかし彼女たちが日本軍慰安所に連行された理由は、一九九〇年代以降にあらわれたさまざまな証言や調査・研究によって、以下のように明らかになっている（注2）。

日本軍が設置・管理した「慰安婦」制度

　資料で確認できる最初の慰安所は、一九三二年初めに日本陸海軍によって上海に設置された。当時、上海派遣軍参謀副長だった岡村寧次《やすじ》によれば、上海で発生した日本軍人による強かん事件を防ぐために、陸軍は海軍に倣って、長崎県知事に要請して「慰安婦団」を招いたという（稲葉正夫編『岡村寧次大将資料』戦場回想篇）。この「慰安婦団」は日本人女性だったと考えられる。しかし同年三月に傀儡国家「満洲国」が建国されると、遅くとも三三年四月には、中国東北部の平泉に軍慰安所が設置され、ここに朝鮮人女性が動員されたこと、陸軍軍医が性病検査をしたことが軍公文書で確認されている。これ以外に中国東北部に軍慰安所があったことを示す資料は、先述の証拠隠滅のためもあって少ないが、一九四一年七月に下命が出された関東軍特種演習すなわち「関特演」(秘匿名称)のときに、少なくとも三〇〇〇人の朝鮮人女性が動員されたことを示す証言がある(注3)。中国東北部には、本書だけでもイ・スダンさん、キム・スノクさん、ペ・サムヨプさん、ヒョン・ビョンスクさん、パク・ソウンさんが連行されている。朝鮮半島と陸続きで他に比して近く、日本軍が占領・支配した期間が他に比して長い当地には、相当数の朝鮮人女性が連行されたと推察される。

一九三七年七月に始まって中国全土へ戦線が拡大した日中全面戦争、一九四一年一二月から始まってアジア・太平洋地域全域に戦線が延びていったアジア太平洋戦争の過程で、日本軍は日本を含む戦地・占領地のあらゆる場所に大量の慰安所を設置していった(注4)。

このように、日本軍は慰安所に女性を連行し、一定期間拘束して日本軍将兵の性行為(「性的慰安」)の相手をさせ、「慰安婦」と呼んだ。「慰安婦」にされたのは、朝鮮人だけでなく、日本および日本の植民地・占領地の女性だった(注5)。占領地の女性は「現地調達」され、日本と植民地(朝鮮・台湾)の女性たちは遠く離れた戦地の慰安所へ、鉄道や船で移送されたのである。

とりわけ日中全面戦争開始後に起こった南京大虐殺(一九三七年一二月)を前後して、上海、南京には多数の慰安所が設置され、朝鮮人女性が大量に連行されたことで知られている。パク・ウドゥクさんは、青島から上海の慰安所に売り飛ばされた。

また武漢(漢口、武昌など)にある慰安所は、日本軍の武漢攻略作戦後の一九三八年一一月に、先に述べた岡村寧次(第一一軍司令官)が開設したものである。同地には「支那派遣軍随一」(軍医・長沢健一『漢口慰安所』の記述）と称された「漢口特殊慰安所」が設置されたが、その近くの武昌の慰安所も含め、多数の朝鮮人「慰安婦」が連行されたことが、さまざまな証言（前掲の軍医・長沢、兵站係長・山田清吉、兵士・戸井昌造など）や公文書により詳細がわかっている。本書のキム・ウィギョンさんは南京の慰安所を経て、武漢の周辺にある宜昌、長沙で「慰安婦」を強いられ、戦後は漢口地区で暮らすようになった。

慰安所への連行と慰安所での日々

朝鮮人女性の場合、慰安所への連行には甘言・詐欺、暴力、誘かい、強要、人身売買などの手段が使われた。未成年の少女も多数いた。これらの特徴は、本書の被害女性にもほぼ当てはまる。「金も服もやる」と前金を渡されたイ・スダンさん、「工場の仕事がある」「金が稼げる」などと騙されたキム・スノクさん、ペ・サムヨプさん、パク・ウドゥクさん、パク・ソウンさんは甘言・詐欺のケース、家に一人いたときに軍服を着た人に連行されたキム・ウィギョンさん、寝込みを襲われ連行されたパク・テイムさんは暴力・誘かい・強要のケース、女を買いに来た男に三年の契約で前金を受け取り家族に渡したというヒョン・ビョンスクさんは人身売買のケースである。どのケースでも背景には、植民地支配に起因する貧しさや家族の崩壊があった。既婚女性もいたが、性経験のない未成年も少なくなかった。

「慰安婦」にされた女性たちは、軍・業者に管理された慰安所で、性行為を拒否することも、慰安所からの外出や脱出も自由にできなかった。金銭の授受もない場合が多く、粗末な食事しか与えられず、将兵や業者の暴行も頻繁にあった。本書でも、イ・スダンさんは日本人夫婦が経営する慰安所で「一日に八人から一〇人ほどの兵隊をとらされた」が、切符の六割は主人にピンハネされた。パク・ウドゥクさんは「お金は一度ももらえなかった」と語る。また性経験のなかったペ・サムヨプさんは、慰安所到着直後に将校の「相手」をさせられた（強かんを意味する）。キム・スノクさんは将校専用となり、子どもを身ごもった。パク・テイムさんは、昼は軍服の洗濯、夜は将兵の相手をさせられ、ヒョン・ビョンスクさんは、日本軍のトラックであちこちの戦場に連れて行かれた。まさに「性奴隷」であったのである。

日本名を名乗らされたのも、朝鮮人「慰安婦」の特徴である。ひとみ（イ・スダンさん）、かよこ（キム・スノクさん）、けいこ（ペ・サムヨプさん）などがそれである。さらに日本語を使うことを強要された。パク・ウドゥクさんのように、日本の着物を着せられることも少なくない。朝鮮人としてのアイデンティティは否定されたのである。注目されるのは、パクさんが、青島で日本軍以外に米軍の兵士も相手にしたと証言したことである。

慰安所の設置理由に強かん防止、性病防止があげられるが、それらを防げなかったのは言うまでもない。また被害女性たちが軍医等により性病検査を受けさせられたこと、にもかかわらず将校などの子を妊娠したこと等は、本書でも述べられている。

朝鮮人「慰安婦」たちの「戦後」（解放後）

日本敗戦後、朝鮮人「慰安婦」のほとんどは敗戦も知らされず、日本軍によって置き去りにされた。運よく帰国できた朝鮮人女性以外は、そのまま現地に残留することを余儀なくされ、本書の女性たちのように、現地の男性と結婚したりして、必死に生き延びてきた。キム・ウィギョンさんは三度結婚したが、一人目の夫の激しい暴力で片方の目を失明している。

中国残留被害者の多くは中国国籍を取得したが、朝鮮（朝鮮民主主義人民共和国）の国籍にこだわった被害者もいた。故郷が韓国にある場合でも、当時韓国と中国に国交がなかったため、韓国籍は選択肢の外であった。しかし逆に朝鮮国籍をもったために、韓国には帰れなくなった。もちろん中国国籍でも、国交のない韓国には帰れなかった。朝鮮半島の南北分断、東アジアの冷戦ゆえである。また朝鮮籍の場合、ヒョン・ビョンスクさんのように、一九七〇年代までは朝鮮政府の生活支援を受けていたが、その後途切れたようである。長い歳月のなかで、彼女たちの存在は忘れ去られていった。

転機は一九九〇年代に訪れた。いうまでもなく、韓国の女性運動の問題提起と金学順《キムハクスン》さんのカミングアウト（一九九一年）により、「慰安婦」問題が解決すべき国際的なイシューとして浮上したからである。九二年に中国と韓国が国交を回復すると、中国に残留した朝鮮人元「慰安婦」への本格的な訪問調査がはじまった。武漢に被害者が在住していることが韓国の「慰安婦」問題研究団体（挺身隊研究会、現在は挺身隊研究所）の知るところとなり、九四年に武漢に調査に行った韓国人女性と被害女性たちは半世紀ぶりの〝出会い〟を果たしたのである。その証言は日本でも同会編『中国に連行された朝鮮人慰安婦』（山口明子訳、三一書房）として刊行され、ビョン・ヨンジュ監督のドキュメンタリー映画『ナヌムの家』（一九九五年）として公開された。その後、韓国挺身隊研究所や挺身隊問題対策協議会は、何度となく中国各地の被害者を訪問し、さらに証言集を編んでいる。

九三年、韓国政府は「日帝下日本軍『慰安婦』に対する生活安定支援法」を制定し、韓国国内の被害女性に対する生活支援と無料医療支援、サポートなどの一連の福祉政策を実行した。その後増額などの措置を経て、二〇〇一年に政府機関として女性省（現在は女性家族省）が創設されたことにより「慰安婦」支援策が進展した。

しかし、国外居住の被害者はここから除かれた。本書にも記されたように、九九年に朝鮮国籍から中国国籍に変更して帰国したペ・サムヨプさんは、韓国国籍回復と被害者登録ができないまま、中国に戻っている。

ようやく二〇〇五年からは、国外居住被害者で、韓国政府により「慰安婦」被害者として登録された場合は、国内の被害者と同様の生活支援を受けることができるようになった。この支援策により、現在では韓国国内だけではなく、国外に在住する被害者（韓国籍）にも支給されることになったのは幸いであった。ただし病気の場合は韓国国内だと医療費が無料だが、中国在住だとそうはいかない。それでも、韓国政府からの支給金で、医療費以外は中国の物価水準では十分生活ができるとのことである。

なお日本で唯一、「慰安婦」問題を常設的に展示するアクティブミュージアム「女たちの戦争と平和資料館」（wam）が、二〇〇六年に「置き去りにされた朝鮮人『慰安婦』展」を開催し、その内容が展示カタログ『置き去りにされた朝鮮人「慰安婦」』に収録されているので、参考になる。

安世鴻写真集が映しだすもの

日本で、中国に置き去りにされた朝鮮人「慰安婦」を紹介したものには、先に述べたように証言集や映画、展示とそのカタログ（wam）はあったが、写真集はなかった。

そうしたなか、二〇一二年六月二六日から七月九日まで、ニコンによる一方的中止通告を跳ね返して、安世鴻写真展「重重――中国に残された朝鮮人元日本軍『慰安婦』の女性たち」がニコンサロン（東京・新宿）で開催された。会場前では「在日特権を許さない市民の会」など排外主義団体による街宣活動がおこなわれるなか、来場者は累計七九〇〇名に達したという。筆者もまたその一人であった。五〇人も入ればいっぱいの部屋に一〇人の警備がつくという異様な警戒態勢のもとで展示された写真には、いっさいの説明がなかった。にもかかわらず、個々の写真は、「慰安婦」にされた過去のために、望まない異国暮らしを余儀なくされた朝鮮人女性たちの苦痛と孤独、悲しみと絶望、帰ることができない故郷への断ちがたい思い、厳しい暮らしぶりを容赦なく映しだしていて、彼女たちをそうした状況に追い込んだ「慰安婦」問題の現在――問題が何ら解決していない現実――を問いかける迫力と説得力のある「歴史の証拠」になっていた。本書の刊行により、私たちは彼女たちに再会する機会、あるいは初めて出会う機会を得たのである。

本書を通じて彼女たちにじっくり出会うと、お互いの境遇は似ていても、それぞれの個性が浮き彫りにされているところが興味深い。北朝鮮にいる家族が送ってくれた一枚の写真だけが家族だというイ・スダンさんの家族写真。民族服をまとって、そっと微笑むキム・スノクさん。苦しみの表情を浮かべるペ・サムヨプさんの顔のアップ写真は「重重」の象徴的な写真となった。牛乳瓶の底のような分厚い眼鏡をかけたキム・ウィギョンさんが指し示す目は、一人目の夫によるDVのせいで失明した目なのか、白内障になったもう片方の目なのか。東アジアの地図から故郷のある韓国・鎮川の場所を指し示すパク・テイムさん。安世鴻さんのために料理をつくるヒョン・ビョンスクさん。故郷は南（現・韓国）だけれど、朝鮮の国籍をもつことになったパク・ウドゥクさん。パク・ソウンさんは痩せこけて寝込んだが、村人たちが粟粥を食べさせている。

本書の主役は、女性たちの写真である。しかしその写真の数々が映しだす歴史的な意味を理解するためには、女性たちのライフ・ヒストリーとその背景を知る必要がある。写真とともに記された訪問記には、歴史家ではないゆえの限界はあるが、あたたかなまなざしで被写体である女性たちの気持ちにせいいっぱい寄り添い、これを社会に問おうとする安世鴻さんの決意を感じ取ることができる。関心を深めたい方は、専門書も合わせて読んでほしい（注2参照）。

最後に、強調したいのは、国家の組織である日本軍自らが軍専用の慰安所を立案・設置し、管理・運営（軍の直接経営、軍管理による業者への経営委託など）し、軍の命令・資金提供などによって業者を通じて、朝鮮人女性などを「慰安婦」として徴集させたという事実である。すなわち「慰安婦」にされた朝鮮人女性の「戦後」（謝罪補償、現状復帰＝帰郷など）に、第一義的な責任があるのは日本政府であるということである。本書に登場する八人のうち、六人は故人となった。またキム・スノクさんは二〇〇五年に韓国への帰国を果たし、現在、韓国「ナヌムの家」で暮らしている。しかし彼女の故郷は平壌なので、本当の意味での帰郷ではない。南北分断だけではなく、日本政府の責任放棄ゆえであることは、忘れてはならないだろう。

（キム・プジャ／東京外国語大学教授・ジェンダー史）

（注1）山田清吉『武漢兵站』（図書出版会、一九七八年）および村上貞夫氏の手紙（千田夏光氏提供、VAWW-NETジャパン編『「慰安婦」・戦時性暴力の実態Ⅰ　日本・台湾・朝鮮編』緑風出版、二〇〇〇年、所収）より。山田は漢口兵站司令部の「慰安係長」として慰安所・「慰安婦」の監督指導をし、村上も関東軍で朝鮮人「慰安婦」徴集を担当した人物であるので、彼らの証言は信憑性が高い。

（注2）詳しくは吉見義明『従軍慰安婦』（岩波書店、一九九五年）、吉見義明・林博史編著『共同研究　日本軍慰安婦』（大月書店、一九九五年）、吉見義明『日本軍「慰安婦」制度とは何か』（岩波ブックレット、二〇一〇年）、「戦争と女性への暴力」リサーチ・アクションセンター（VAWW RAC）編『「慰安婦」バッシングを越えて』（大月書店、二〇一三年）など参照。

（注3）前掲、村上貞夫の手紙より。

（注4）女たちの戦争と平和資料館（wam）作成・発行の「慰安所マップ」によれば、慰安所は日本軍が駐屯した戦地・占領地のあらゆる場所にあったことがわかる（戦場になった沖縄だけで一三〇カ所以上）。

（注5）日本人、朝鮮人、台湾人、中国人、華僑（華人）、フィリピン人、インドネシア人、ベトナム人、マレー人、タイ人、ビルマ人、インド人、ユーラシアン（欧亜混血）、太平洋諸島の人々、（インドネシア在住の）オランダ人等がいた。

写真・文　安 世 鴻（アン・セホン）

写真家，重重プロジェクト代表。JVJA（日本ビジュアル・ジャーナリスト協会）会員。1971年韓国・江原道に生まれソウルで育つ。中学生時代から写真を撮り始め，朝鮮半島の伝統文化や，日本軍「慰安婦」被害者，障がい者など社会的マイノリティ層をテーマにしたドキュメンタリー写真を発表。2012年，新宿ニコンサロンで予定されていた「重重」写真展が直前に中止を通告され，東京地裁に仮処分を申立て開催に至る。その後も韓国，日本，アメリカなど各地で写真展や講演会を開催している。

1996 年　「ナヌムの家」，韓国挺身隊研究所などを通じ元日本軍「慰安婦」ハルモニの支援にかかわる
2001 年　中国に残された朝鮮人元「慰安婦」の調査を開始
2003 年　ソウルで初めて「重重」写真展を開催
2006 年　「顔の時間、時間の顔」（ソウル市 Artspace Hue，グループ展）
2010 年　「ウリハッキョ」（名古屋市 ウィルあいち），
　　　　「海巫」（大阪市 心斎橋アセンス ATHENSギャラリー）
2011 年　「魂巫」（東京都 新宿 Place M）
2012 年　「重重」（東京都 新宿ニコンサロン，大阪市 ピルゼンギャラリーほか）
2013 年　「重重」（アメリカ ニュージャージー州パリセーズパークほか）

重重プロジェクト　http://juju-project.net/

重重《じゅうじゅう》　中国に残された朝鮮人日本軍「慰安婦」の物語

2013年6月26日　第1刷発行　　定価はカバーに表示してあります

著　者　安 世鴻
発行者　中川 進
発行所　株式会社 大月書店
〒113-0033　東京都文京区本郷 2-11-9
電話（代表）03-3813-4651
FAX　03-3813-4656
振替　00130-7-16387
http://www.otsukishoten.co.jp/
印　刷　精興社
製　本　ブロケード

ISBN978-4-272-52087-9　C0021　Printed in Japan